O FILHO ETERNO

CRISTOVÃO TEZZA
O FILHO ETERNO

24ª edição

EDITORA RECORD

RIO DE JANEIRO • SÃO PAULO

2023

CIP-BRASIL. CATALOGAÇÃO NA PUBLICAÇÃO
SINDICATO NACIONAL DOS EDITORES DE LIVROS, RJ

T339f
24. ed.
Tezza, Cristovão, 1952-
   O filho eterno / Cristovão Tezza. - 24. ed. - Rio de Janeiro : Record, 2023.

ISBN 978-65-5587-649-9

1. Romance brasileiro. I. Título.

22-80608
CDD: 869.3
CDU: 82-31(81)

Meri Gleice Rodrigues de Souza - Bibliotecária - CRB-7/6439

Copyright © Cristovão Tezza, 2007

Todos os direitos reservados. Proibida a reprodução, armazenamento ou transmissão de partes deste livro, através de quaisquer meios, sem prévia autorização por escrito.

Texto revisado segundo o Acordo Ortográfico da Língua Portuguesa de 1990.

Direitos exclusivos desta edição reservados pela
EDITORA RECORD LTDA.
Rua Argentina, 171 – Rio de Janeiro, RJ – 20921-380 – Tel.: (21) 2585-2000.

Impresso no Brasil

ISBN 978-65-5587-649-9

Seja um leitor preferencial Record.
Cadastre-se em www.record.com.br
e receba informações sobre nossos
lançamentos e nossas promoções.

EDITORA AFILIADA

Atendimento e venda direta ao leitor:
sac@record.com.br

Sumário

Prefácio, por Sérgio Rodrigues	7
O filho eterno	11
Fortuna crítica	207

Prefácio

por Sérgio Rodrigues

Está na história o estardalhaço com que, em meados de 2007, *O filho eterno* adentrou o cenário (para usar uma palavra do vocabulário teatral, tão ao gosto do romance) da literatura brasileira. Num ambiente normalmente plácido e quando muito morno — mais afeito ao aplauso discreto do que ao arroubo das galerias, em que ao eventual entusiasmo crítico correspondem quase sempre plateias minguadas —, o novo romance de Cristovão Tezza chegou como um furacão, revirando cadeiras, cabides e tudo mais que houvesse no palco. Todos os holofotes se voltaram para ele, claro. O proverbial grande público, encantado, começou a fazer filas quilométricas na bilheteria.

A excitação se justificava. Como ocorre com os cometas, é raro cruzar o céu um romance brasileiro que consiga se comunicar tão bem com um vasto número de leitores sem fazer concessões às receitas editoriais da moda ou a outras estratégias comerciais — e aqui se incluem algumas inteiramente legítimas, convém deixar claro. Nada contra o sucesso editorial, pelo contrário. Mas quem trabalha nesse meio sabe como, no mundo da ficção, é difícil chegar lá sem abrir mão do rigor artístico, da ambição estética, de um projeto literário exigente e sólido. Com todas as letras, da primeira à última página, era o caso de *O filho eterno*.

Se o fenômeno em si era raro, no ano seguinte deu-se algo inteiramente inédito, uma espécie de apoteose inverossímil da peça descrita nos parágrafos acima: o best-seller de Tezza ganhou *todos* os principais prêmios literários do país. Ora, direis, prêmios... Desde quando eles são selos confiáveis de qualidade? Entende-se o saudável ceticismo, mas convém reler a frase. Trata-se apenas de um fato, uma notícia simples, mas bombástica, de um tipo nunca antes divulgado e jamais repetido desde então: o best-seller de Tezza ganhou *todos* os principais prêmios literários do país.

Estabelecida a excepcionalidade do barulho que o livro fez, resta a questão do mérito artístico. Será que o romance que você tem em mãos faz jus à fama? Se faz, com que estratégia conseguiu chegar a ela, furando a bolha relativamente rarefeita dos leitores habituais de literatura brasileira contemporânea? A resposta à primeira pergunta é afirmativa — e seria possível acrescentar, como Felipe, o *filho eterno* do título: "Por Júpiter, claro que sim!" Justificar tal juízo significa responder à segunda pergunta, o que exige espaço maior.

O forte apelo emocional da obra é garantido por um detalhe biográfico: Tezza, como o protagonista de seu romance, tem um filho com síndrome de Down. No livro e na vida, o pai é um escritor de passado meio hippie que coleciona cartas de recusa de editoras no início da carreira; na vida, como no livro, o nome do filho é Felipe. Estamos, já se vê, no terreno da chamada autoficção, que alguns anos mais tarde se tornaria um filão editorial em voga no Brasil. Um terreno escorregadio em que muito autor de talento já quebrou a cara, cedendo à tentação de se apresentar como herói vitimizado de sua própria história, vingando-se, página após página, do mundo que o teria tratado com injustiça.

O filho eterno não foge a um *páthos* típico do acerto de contas, tão ao gosto dos leitores, mas se diferencia num aspecto fundamental: com uma coragem moral de tirar o chapéu, o olho clínico do narrador se concentra em dissecar psicologicamente o personagem do pai. Quer dizer que Tezza se volta contra si mesmo? Sim e não. O pai de Felipe, a quem o narrador se refere na terceira pessoa, é e não é o autor, embora compartilhe com ele uma penca de dados biográficos. Essa ambiguidade típica da autoficção será explorada da forma mais proveitosa possível.

Dois anos após o lançamento do livro, numa palestra para estudantes de psicanálise (publicada em 2018 no volume *Literatura à margem*), Tezza apontou a diferença radical existente entre vida e arte, ou o que chamou de "processo existencial" e "processo estético". Ao negar qualquer valor terapêutico à escrita do romance, afirmou que esse tipo de experiência só se presta a virar literatura quando deixa de ser "uma questão pessoal" — e assim aproveitou para fazer um aceno ao livro do escritor japonês Kenzaburo Oe que leva esse nome, um parente bibliográfico mais velho de *O filho eterno*, lançado em 2003 e também sobre um filho com necessidades especiais.

A explicação que Tezza deu em seguida à plateia de estudantes de psicanálise acende uma luz forte sobre o sucesso artístico da empreitada: "O fato é que consegui escrever meu livro apenas quando transformei a mim mesmo em personagem, o que é um afastamento radical com consequências importantes. A principal delas é o fato de que o pai representado no livro tem apenas pontos de contato ocasionais com a minha biografia, mas é em si a representação finalizada e acabada de outra pessoa, que, por força da literatura, 'faz sentido', de uma forma que eu mesmo, no evento aberto da vida, jamais farei."

Mais do que afastado dele, o narrador de *O filho eterno* é duro, às vezes abertamente cruel com o personagem do pai, que ocupa o centro do livro. Esse homem imaturo que "se recusa a crescer", autocentrado, bastante incompetente para o lado prático da vida, a princípio é sustentado pela mulher, o que poderia ser uma fonte de humilhação. No entanto, o problema não chega a se formular por inteiro porque o sujeito está sempre pronto a fugir dos abismos da existência por meio de uma certa distração aliada ao riso fácil, a um otimismo de "Pangloss de província" e a um "orgulho camponês". Além da crença em seu futuro glorioso na literatura, é claro.

Todas as fichas de uma possível redenção existencial estão depositadas em sonhos artísticos que ele, nada tolo, sabe estarem ainda distantes de qualquer possibilidade de realização. A essa linha de crédito simbólico sempre aberta o narrador, implacável, dá o nome de "álibi de sua arte imaginária". Diante de tal álibi tudo se ajeita, tudo é provisório e menos importante, todos os problemas parecem pequenos. Até que no quarto capítulo, em seis páginas tão belas quanto brutais, esse pai infantilizado é apresentado ao filho que acaba de nascer.

Sua primeira reação, mais do que negacionista, é assassina: "Por que alguém assim deve viver?" Afinal, em seu credo narcísico, "a inteligência é o único valor importante da vida". Consola-se com notícias médicas sobre a baixa expectativa de vida dos "mongoloides", como naquele tempo, os anos 80, ainda eram chamados aqueles que nascem com um cromossomo a mais no par 21. Chega a fantasiar uma espécie de assassinato simbólico em massa ao constatar a invisibilidade daquelas criaturas em todas as épocas: "Não há mongoloides na história, relato nenhum — são seres ausentes."

Nesse solo profundamente antipático — e profundamente humano —, Tezza se põe então a construir com engenho uma espécie de *Bildungsroman* bifronte, mas precário. Em nenhuma de suas faces o leitor encontrará um romance de formação clássico, aquele que conta o processo de amadurecimento físico, intelectual e moral de um personagem: no lado do filho, por uma limitação de ordem genética; no do pai, em cuja história presente o narrador vai entrelaçando, com habilidade, breves e iluminadores relatos do passado, por uma espécie de atraso sobrenatural. No entanto, é esse par que levará adiante, um puxando o outro aos trancos, uma comovente história de crescimento humano. Uma história que é mais tocante justamente por ser uma proeza de lucidez e desassombro, avessa a todas as tentações da autocomiseração, da autojustificação e do sentimentalismo.

Para terminar de explicar por que *O filho eterno* é um êxito artístico, fica faltando apenas trazer de volta ao centro da cena aquilo que as artimanhas do autor trataram de deixar nos bastidores, até pelo já mencionado imperativo do distanciamento: ele mesmo, ou seja, o próprio autor. Se o leitor atento intui que aqui o feito estético tem como primeiro fundamento um feito de vida, que, no entanto, permanece oculto pelo passe de mágica da supressão da autobiografia, é a prosa refinada por Tezza ao longo dos anos em livros como *Trapo* e *O fotógrafo* — multifacetada e plástica, rítmica e precisa, bem equilibrada entre o intimismo e a ação — que dá corpo a um dos grandes romances brasileiros do século XXI.

O FILHO ETERNO

*Queremos dizer a verdade e, no entanto, não dizemos a verdade.
Descrevemos algo buscando fidelidade à verdade e, no entanto,
o descrito é outra coisa que não a verdade.*

Thomas Bernhard

*Um filho é como um espelho no qual o pai se vê, e, para o filho,
o pai é por sua vez um espelho no qual ele se vê no futuro.*

Søren Kierkegaard

Para Ana

— Acho que é hoje — ela disse. — Agora — completou, com a voz mais forte, tocando-lhe o braço, porque ele é um homem distraído.

Sim, distraído, quem sabe? Alguém provisório, talvez; alguém que, aos 28 anos, ainda não começou a viver. A rigor, exceto por um leque de ansiedades felizes, ele não tem nada, e não é ainda exatamente nada. E essa magreza semovente de uma alegria agressiva, às vezes ofensiva, viu-se diante da mulher grávida quase como se só agora entendesse a extensão do fato: um filho. Um dia ele chega, ele riu, expansivo. Vamos lá!

A mulher que, em todos os sentidos, o sustentava já havia quatro anos, agora era sustentada por ele enquanto aguardavam o elevador, à meia-noite. Ela está pálida. As contrações. A bolsa, ela disse — algo assim. Ele não pensava em nada — em matéria de novidade, amanhã ele seria tão novo quanto o filho. Era preciso brincar, entretanto. Antes de sair, lembrou-se de uma garrafinha caubói de uísque, que colocou no outro bolso; no primeiro estavam os cigarros. Um cartum: a figura fuma um cigarro atrás do outro na sala de espera até que a enfermeira, o médico, alguém lhe mostra um pacote e lhe diz alguma coisa muito engraçada, e nós rimos. Sim, há algo de engraçado nesta espera. É um papel que representamos, o pai angustiado, a mãe feliz, a criança chorando, o médico sorridente, o vulto desconhecido que surge do nada e nos dá parabéns, a vertigem de um tempo que, agora, se acelera em desespero, tudo girando veloz e inapelavelmente em torno de um bebê, para só estacionar alguns anos depois — às vezes nunca. Há um cenário inteiro montado para o papel, e nele deve-se demonstrar felicidade. Orgulho, também. Ele merecerá respeito. Há um dicionário inteiro de frases adequadas para o nascimento. De certa forma — agora ele dava partida no fusca amarelo (eles não dizem nada, mas sentem uma coisa boa no ar) e cuidou para não raspar o para-lama na coluna, como já aconteceu duas vezes — ele também estaria nascendo agora, e gostou desta imagem mais ou menos edificante. Embora continuasse não estando onde estava — essa a sensação permanente, por isso fumava tanto, a máquina inesgotável pedindo gás. É um terreno inteiro de ideias: pisando nele, não temos coisa alguma, só a expectativa de um futuro vago e mal desenhado. Mas eu também não tenho nada ainda, ele diria, numa espécie metafísica de competição. Nem casa, nem emprego, nem paz. Bem, um filho — e, sempre brincando, viu-se barrigudo, severo, trabalhando em alguma coisa enfim sólida, uma fotografia publicitária da família congelada na parede. Não: ele está em outra esfera da vida. Ele é um predestinado à literatura — alguém necessariamente superior, um ser para o qual as regras do jogo são outras. Nada ostensivo: a verdadeira superioridade é discreta, tolerante e sorridente. Ele vive à margem: isso é tudo. Não é ressentimento, porque ele não está ainda maduro para o ressentimento, essa força que, em algum momento, pode nos pôr agressivamente em nosso lugar. Talvez o início dessa contraforça (mas ele seria incapaz de saber, tão próximo assim do instante presente) seja o fato de que jamais conseguiu viver do seu trabalho. Do seu trabalho verdadeiro. Uma tensão que quase sempre escapa pelo riso, a libertação que ele tem.

No balcão da maternidade a moça, gentil, pede um cheque de garantia, e as coisas se passam rápidas demais, porque alguém está levando sua mulher para longe, sim, sim, a bolsa rompeu, ele ouve, enquanto resolve os trâmites — e mais uma vez tem dificuldade de preencher o espaço da profissão, quase ele diz "quem tem profissão é a minha mulher". Eu

— e ainda encontra tempo de dizer alguma coisa, a mulher também, mas a afetividade se transforma, sob olhos alheios, em solenidade — alguma coisa maior, parece, está acontecendo, uma espécie de teatro se desenha no ar, somos delicados demais para o nascimento e é preciso disfarçar todos os perigos desta vida, como se alguém (a imagem é absurda) estivesse levando sua mulher para a morte e houvesse nisso uma normalidade completa. Volta-lhe o horror que sente diante dos hospitais, dos prédios públicos, das instituições solenes, de colunas, halls, guichês, abóbadas, filas, da sua granítica estupidez — a gramática da burocracia repete-se também ali, que é um espaço pequeno e privado. Mais tarde, ele se vê em alguma sala diante da mulher na maca, que, pálida, sorri para ele, e eles tocam as mãos, tímidos, quase como quem comete uma transgressão. O lençol é azul. Há uma assepsia em tudo, uma ausência bruta de objetos, os passos fazem eco como em uma igreja, e de novo ele vive a angústia da falsidade, há um erro primeiro em algum lugar, e ele não consegue localizá-lo, mas em seguida não pensa mais nisso. Os segundos escorrem.

Dizem alguma coisa que ele não ouve; e na espera, perde a noção do tempo — que horas são? Noite avançada. Agora está sozinho num corredor ao lado de uma rampa vazia e em frente a duas portas basculantes, com um vidro circular no centro de cada lâmina por onde às vezes ele espia mas nada vê. Ele não pensa em coisa alguma, mas, se pensasse, talvez dissesse: estou como sempre estive — sozinho. Acendeu um cigarro, feliz: e isso é bom. Deu um gole do uísque que tirou do bolso, vivendo o seu pequeno teatro. Por enquanto as coisas vão bem — ele não pensava no filho, pensava nele mesmo, e isso incluía a totalidade de sua vida, mulher, filho, literatura, futuro. Ele sabe que de fato nunca escreveu nada realmente bom. Pilhas de maus poemas, dos 13 anos até o mês passado: *O filho da primavera*. A poesia arrasta-o sem piedade para o *kitsch*, puxando-o pelos cabelos, mas é preciso dizer alguma coisa sobre o que está acontecendo, e ele não sabe exatamente o que está acontecendo. Tem a vaga sensação de que as coisas vão dar certo, porque são frutos do desejo;

e quem está à margem, arrisca — ou estaria encaixado na subvida do sistema, essa merda toda, ele quase declama, e dá outro gole de uísque e acende outro cigarro. Aos 28 anos não acabou ainda o curso de Letras, que despreza, bebe muito, dá risadas prolongadas e inconvenientes, lê caoticamente e escreve textos que atafulham a gaveta. Um gancho atávico ainda o prende à nostalgia de uma comunidade de teatro, que frequenta uma vez por ano, numa prolongada dependência ao guru da infância, uma ginástica interminável e insolúvel para ajustar o relógio de hoje à fantasmagoria de um tempo acabado. Filhote retardatário dos anos 70, impregnado da soberba da periferia da periferia, vai farejando pela intuição alguma saída. É difícil renascer, ele dirá, alguns anos depois, mais frio. Enquanto isso, dá aulas particulares de redação e revisa compenetrado teses e dissertações de mestrado sobre qualquer tema. A gramática é uma abstração que aceita tudo. Desistiu de ser relojoeiro, ou foi desistido pela profissão, um dinossauro medieval. Se ainda tivesse a dádiva do comércio, atrás de um balcão. Mas não: escolheu consertar relógios, o fascínio infantil dos mecanismos e a delicadeza inútil do trabalho manual.

E no entanto sente-se um otimista — ele sorri, vendo-se do alto, como no cartum imaginado, agora uma figura real. Sozinho no corredor, dá outro gole de uísque e começa a ser tomado pela euforia do pai nascente. As coisas se encaixam. Um cromo publicitário, e ele ri do paradoxo: quase como se o simples fato de ter um filho significasse a definitiva imolação ao sistema, mas isso não é necessariamente mau, desde que estejamos "inteiros", sejamos "autênticos", "verdadeiros" — ainda gostava dessas palavras altissonantes para uso próprio, a mitologia dos poderes da pureza natural contra os dragões do artifício. Ele já começa a desconfiar dessas totalidades retóricas, mas falta-lhe a coragem de romper com elas — de fato, nunca se livrou completamente desse imaginário, que, no fundo da alma, significava manter o pé atrás, atento, em todos os momentos da vida, para não ser devorado pelo violento e inesgotável poder do lugar-comum e da impessoalidade. Era preciso que a "verdade" saísse da retórica e se transformasse em inquietação permanente, uma breve utopia, um brilho nos olhos.

Como agora: e ele deu outro gole da bebida, quase entrando no terreno da euforia. Ele queria criar a solenidade daquele momento, uma solenidade para uso próprio, íntimo, intransferível. Como o diretor de uma peça de teatro indicando ao ator os pontos da cena: sinta-se assim; mova-se até ali; sorria. Veja como você tira o cigarro da carteira, sentado sozinho neste banco azul, enquanto aguarda a vinda do seu filho. Cruze as pernas. Pense: você não quis acompanhar o parto. Agora começa a ficar moda os pais acompanharem o parto dos filhos — uma participação quase religiosa. Tudo parece que está virando religião. Mas você não quis, ele se vê dizendo. É que o meu mundo é mental, talvez ele dissesse, se fosse mais velho. Um filho é a ideia de um filho; uma mulher é a ideia de uma mulher. Às vezes as coisas coincidem com a ideia que fazemos delas; às vezes não. Quase sempre não, mas aí o tempo já passou, e então nos ocupamos de coisas novas, que se encaixam em outra família de ideias. Ele não quis nem mesmo saber se será um filho ou uma filha: a mancha pesada da ecografia, aquele fantasma primitivo que se projetava numa telinha escura, movendo-se na escuridão e no calor, não se traduziu em sexo, apenas em ser. Preferimos não saber, foi o que disseram ao médico. Tudo está bem, parece, é o que importa.

Ali, era enfim a sensação de um tempo parado, suspenso. Naquele silêncio iluminado, em que pequenos ruídos distantes — passos, uma porta que se fecha, alguma voz baixa — ganhavam a solenidade de um breve eco, ele imagina a mudança de sua vida e procura antecipar alguma rotina, para que as coisas não mudem muito. Tem energia de sobra para ficar dias e dias dormindo mal, bebendo cerveja nos intervalos, fumando bastante, dando risadas e contando histórias, enquanto a mulher se recupera. Seria agora um pai, o que sempre dignifica a biografia. Será um pai excelente, ele tem certeza: fará de seu filho a arena de sua visão de mundo. Já tem pronta para ele uma cosmogonia inteira. Lembrou de alguns dos versos de *O filho da primavera* — a professora amiga vai publicá-los na *Revista de Letras*. Sim, os versos são bonitos, ele sonhou. O poeta é bom conselheiro. Faça isso, seja assim, respire esse ar, olhe o mundo — as metáforas, uma a uma, evocam a bondade humana. Kipling da província, ele se sente impregnado de humanismo. O filho será a prova definitiva das minhas qualidades, quase chega a dizer em voz alta, no silêncio daquele corredor final, poucos minutos antes de sua nova vida. Era como se o espírito comunitário religioso que florescia secretamente na alma do país, todo o sonho das utopias naturais concentrando seu suave irracionalismo, sua transcendência etérea, a paz celestial dos cordeiros de Deus revividos agora sem fronteiras, rituais ou livros-texto — vale tudo, ó Senhor! —, encontrasse também no poeta marginal, talvez principalmente nele, o seu refúgio. O empreendimento irracional das utopias: cabelos compridos, sandálias franciscanas, as portas da percepção, vida natural, sexo livre, somos todos autênticos. Sim, era preciso um contrapeso, ou o sistema nos mataria a todos, como várias vezes nos matou. Há um descompasso nesse projeto supostamente pessoal, mas isso ele ainda não sabe, ao acaso de uma vida renitentemente provisória; a minha vida não começou ainda, ele gostava de dizer, como quem se defende da própria incompetência — tantos anos dedicados a... a o que mesmo? às letras, à poesia, à vida alternativa, à criação, a alguma coisa maior que ele não sabe o que é — tantos anos e nenhum resultado! Ficar sozinho é uma boa defesa. Vivendo numa cidade com gênios agressivos em cada esquina, ele contempla a magreza de seus contos, finalmente publicados, onde encontra defeitos cada vez que abre uma página. O romance juvenil lançado nacionalmente vai se encerrar na primeira edição, para todo o sempre, depois de uma rusga idiota com o editor de São Paulo, daqui a alguns meses. "É preciso cortar esse parágrafo na segunda edição porque as professorinhas do interior estão reclamando." Desistiu do livro.

Ele não sabe ainda, mas já sente que aquilo não é a sua literatura. Três meses antes terminou *O terrorista lírico*, e parece que alguma coisa melhor começa ali, ainda informe. Alguém se debatendo para se livrar da influência do guru, tentando sair do mundo das mensagens para o mundo da percepção, sob a frieza da razão. Ele não é mais um poeta. Perdeu para sempre o sentimento do sublime, que, embora soe envelhecido, é o combustível necessário para escrever poesia. A ideia do sublime não basta, ele começa a vislumbrar com ela, chegamos só ao simulacro. É preciso ter força e peito para chamar a si a linguagem do mundo, sem cair no ridículo. Há algo incompatível entre mim e a poesia, ele se diz, defensivo — assumir a poesia, parece, é assumir uma religião, e ele, desde sempre, é alguém completamente desprovido de sentimento religioso. Um ser que se move no deserto, ele talvez escrevesse, com alguma pompa, para definir a própria solidão. A solidão como um projeto, não como uma tristeza. Eu ainda não consegui ficar sozinho, conclui, com um fio de angústia — e agora (ele olha para a porta basculante, sem pensar) nunca mais. Começou há pouco a escrever outro romance, *Ensaio da Paixão*, em que — ele imagina passará a limpo sua vida. E a dos outros, com a língua da sátira. Ninguém se salvará. Três capítulos prontos. É um livro alegre, ele supõe. Eu preciso *começar*, de uma vez por todas, ele diz a ele mesmo, e só escrevendo saberá quem é. Assim espera. São coisas demais para organizar, mas talvez justo por isso ele se sinta bem, feliz, povoado de planos.

Súbito, o médico — por quem nunca sentiu simpatia, e portanto nada espera dele — abre as portas basculantes, como sempre sem sorrir. Nenhuma novidade na ausência de sorriso, daí porque, pai moleque, mal ocultando a garrafinha de uísque, não se perturbou. O homem tirava as luvas verdes das mãos, como quem encerra uma tarefa desagradável — por alguma razão foi essa a imagem absurda, certamente falsa, que lhe ficou daquele momento.

— Tudo bem? — ele pergunta, por perguntar: a cabeça já está no mês seguinte, sete meses depois, um ano e três meses, cinco anos à frente, o filho crescendo, a cara dele.

— É um menino. — Também nenhuma surpresa: *eu tinha certeza de que seria mesmo o filho da primavera*, ele teria dito, se falasse. — A mãe está muito bem.

E desapareceu por onde veio.

Ele dormiu, ou quase dormiu, num sofá vermelho ao lado da cama alta de hospital, para onde trouxeram a mulher em algum momento da madrugada. A criança estaria no berçário, uma espécie de gaiola asséptica, que o fez lembrar do Admirável mundo novo: todos aqueles bebês um ao lado do outro, atrás de uma proteção de vidro, etiquetados e cadastrados para a entrada no mundo, todos idênticos, enfaixados na mesma roupa verde, todos mais ou menos feios, todos amassados, sustos respirantes, todos imóveis, de uma fragilidade absurda, todos tábula rasa, cada um deles apenas um breve potencial, agora para sempre condenados ao Brasil, e à língua portuguesa, que lhes emprestaria as palavras com as quais, algum dia, eles tentariam dizer quem eram, afinal, e para que estavam aqui, se é que uma pergunta assim pode fazer sentido.

Qual era mesmo o seu filho? — aquele ali, mostrou a enfermeira solícita, e ele sorriu diante da criança imóvel, buscando um ponto de convergência. Alguma coisa de fora que o tocasse súbita, como um dedo de um anjo. Mas não, ele sorriu, invencível — é preciso criar esse ponto, que não cai do céu. Uma criança é uma ideia de uma criança, e a ideia que ele tinha era muito boa. Um bom começo. Mas aquela presença era também um nascimento às avessas, porque agora, talvez ele imaginasse, expulso do paraíso, estou do outro lado do balcão — não estou mais em berço esplêndido, não sou eu mais que estou ali, e ele riu, quase bêbado, a garrafinha vazia, inebriado do cigarro que não parava de fumar, naqueles tempos tolerantes. Como quem, prosaicamente, apenas perde um privilégio, o da liberdade. O que é uma palavra que, se objetivamente quer dizer muito (estar dentro da cadeia, estar fora da cadeia, por exemplo; poder dizer e escrever tudo e não poder dizer nem escrever nada, outro exemplo prático — o Brasil está nos últimos minutos de uma ditadura), subjetivamente, em outra esfera, nos dá o dom da ilusão. Às vezes basta. Livre significa: sozinho. Claro, tem a mulher, por quem ele alimenta uma nítida mas insuspeitada paixão (ele nunca foi precoce), mas ao mesmo tempo tem de prestar muita atenção em si mesmo, juntar aqueles pedaços disformes da insegurança, um garoto tão desgraçadamente incompleto, para olhar mais atento para ela, o que só conseguirá fazer anos depois; tem a mulher, mas eles não nasceram juntos. Podem se separar, e a ordem do mundo se mantém. Mas o filho é um outro nascimento: ele não pode se separar dele. Todas as palavras que o novo pai recebeu ao longo da vida criaram nele esta escravidão consentida, esse breve mas poderoso imperativo ético que se faz em torno de tão pouca coisa: quem é a criança que está ali? O que temos em comum? O que, afinal, eu escolhi? Como conciliar a ideia fundamental de liberdade individual, que move a fantástica roda do Ocidente, ele declama, com a selvageria da natureza bruta, que por uma sucessão inextricável de acasos me trouxe agora essa criança? O próprio Rousseau abandonou os filhos, ele se lembra, divertindo-se. Muito melhor o Admirável mundo novo, aquela assepsia do nascimento sem dores nem pais. Vivemos grudados, mas, em vez de sentir náusea da imagem — a invencível viscosidade das relações humanas —, ele sorri diante daquele pequeno joelho respirante e empacotado do outro lado do vidro: isso parece bom e bonito, o filho da primavera. Relembrou a data: madrugada do dia 3 de novembro de 1980.

Afinal acordou daquela noite intranquila mas feliz (ou teriam sido apenas alguns minutos?), e uma boa sensação de gravidade lhe tomava os gestos ressaqueados de uma espécie de renascimento. Ou de deslocamento, ele pensou, quase que físico — agora não estava mais em seu lugar de sempre. Não estaria nunca mais, ele decidiu, sempre pronto às conclusões limítrofes e altissonantes, boas no palco — um deslocamento definitivo, permanente, inelutável. E isso é bom, concluiu. Palavras. Que horas seriam? A mulher parecia dormir naquela cama que mais parece um altar, uma engenhoca de alavancas. Ele passará a vida gostando de engenhocas — é um relojoeiro. Dedica um minuto para descobrir como aquilo funciona: uma manivela na proa, como de um Ford bigode, comanda o guindaste. Uma enfermeira chega e se vai — não há muitos sorrisos, mas é assim mesmo que funciona a máquina, com a exata eficiência. Ele se aproxima, tímido, da mulher, já de tranquilos olhos abertos, e teme que ela espere dele alguma efusão sentimental ou amorosa, o que sempre o desajeita, defensivo. Sempre teve alguma ponta de dificuldade para lidar com o afeto. Ele prefere a suavidade do humor ao ridículo do amor, mas disso não sabe ainda, pernas muito fracas para o peso da alma.

A mão dela está quente.

— Tudo bem?

— Tudo bem — ela diz. — Um pouco dolorida ainda. O médico veio aqui?

— Não.

O nascimento é uma brutalidade natural, a expulsão obscena da criança, o desmantelamento físico da mãe até o último limite da resistência, o peso e a fragilidade da carne viva, o sangue — cria-se um mundo inteiro de signos para ocultar a coisa em si, tosca como uma caverna escura.

— Telefonou para as famílias? — e ela sorriu pela primeira vez.

As famílias. Família é um horror, mas um horror necessário — ou inevitável, o que dá no mesmo. Agora terei a minha, ele pensa. Chega de briga. Só árabes e judeus conseguem viver em guerra a vida inteira, e ele ri da piada que imagina, quase contando à mulher, mas desiste.

— Vou ligar agora. Que horas são? — como se ela pudesse saber.

Ao sair para o corredor, descobre que já penduraram na porta um bonequinho azul, e absurdamente ele pensa em dinheiro, tranquilizando-se em seguida. Tudo está indo bem. Na gaiola pública dos recém-nascidos, tenta reconhecer seu filho, há uma fileira de seres idênticos atrás do vidro, mas parece que não está mais ali. Que nome dariam a ele? Se fosse mulher seria Alice, se fosse homem seria Felipe. Felipe. Um belo nome. Nítido como um cavaleiro recortado contra o horizonte. Um nome com contornos definidos. Uma dignidade simples, autoevidente, ele vai fantasiando: Felipe. Repete o nome várias vezes, quase em voz alta, para conferir se ele não se desgasta pelo uso, se não se esfarela no próprio som, esvaziado pelo eco — Felipe, Felipe, Felipe, Felipe. Não: mantém-se intacto no horizonte, firme sobre o cavalo, a lança na mão direita. Felipe. Um casal de avós sorri ao seu lado, apontando o dedo para alguém sem nome, e sorriem também para ele, compartilhando a alegria: o nascimento é uma felicidade coletiva, somos de fato todos irmãos, tão parecidos uns com os outros! Ele retribui o sorriso, diz um "parabéns" intimidado e se afasta, com medo de que lhe perguntem algo. É preciso telefonar — o mundo é grande, precisa saber da grande nova, e ele não tem fichas. No guichê da recepção é recebido com sorrisos, e compra algumas fichas de telefone. Civilizado, resistiu a pedir para ligar dali mesmo, o telefone ao alcance da mão — justamente para que não pedissem, colocaram a plaquinha desviatória: FICHAS AQUI, e na calçada logo à saída estava a fileira de telefones públicos, um deles com o fone arrancado e um patético fio solto.

Dá antes uma boa caminhada, para respirar fundo — está uma manhã fresca e bonita, uma brevíssima névoa prometendo um dia de um azul limpo no céu — e tenta mais uma vez organizar o dia, a semana, o mês, o ano e a vida. Agora não tem mais volta, o que é bom, ele pensa e sorri, com o lugar-comum: fecha-se a porteira do passado, abre-se a do futuro. A sensação de inferioridade ainda é pesada; ele a compensa com um orgulho camponês, teimoso, obtuso, às vezes covarde, que reveste habilmente de humor. Ele se conhece. Muitas vezes parecia que não havia volta, e sempre houve. Na luz ainda acesa do poste da esquina, apenas um brilho na lâmpada contra o brilho do dia, lembra de sua adolescência absurda, cheirando alucinógenos nas praças de Curitiba, só para ouvir aquele zumbido repetido na alma e ver as luzes fantasmagóricas da noite multiplicando-se num eco psicodélico. Uma vez, o zumbido permaneceu por dois dias, e ele, sem pai, só pelo susto, decidiu parar. Sim, ele conseguiu parar porque não era um menino de rua: aos 15 anos tinha uma boa escola, casa, mãe, família — e um desejo de virar o mundo avesso. Agora, e ele sorri com a ficha na mão, agora ele está no lado certo do mundo, já alimentando a autoironia com que se defende do que seria a própria decadência. Um homem do sistema. Família é sistema. Daqui a cinquenta anos, ele imagina, sem de fato acreditar na fantasia que põe no corpo, não haverá mais famílias, e o mundo será melhor. Por enquanto, vamos levando com as armas que temos, a entonação já levemente irônica.

— Sim, nasceu ainda há pouco! É homem! Não sei o peso ainda! Ele parece parrudo! Não avisei ninguém porque não precisava. — Quase diz, numa pré-irritação: *Só o que faltava eu esperar meu próprio filho com a parentalha toda em volta!* Basta a ideia para satisfazê-lo, e ele prossegue gentil: — Era de madrugada, para que incomodar vocês? Sim. Sim! Venham! Felipe! Bonito, não? Ela está ótima! Obrigado! Precisamos festejar!

Em frente há um bar e restaurante — "frangos fritos", diz a placa enorme. Funcionários arrastam latões de lixo para a calçada, uma barulheira descompensada, o dia começa. Talvez ir direto àquele balcão e pedir uma cerveja antecipada, antes mesmo que abram a porta, mas desiste da ideia idiota. Subindo a rampa de volta ao quarto, olha para o relógio e revê ali o dia do nascimento do seu primeiro filho: 3, como se isso contivesse um segredo. No apartamento, a mulher dorme tranquila, ele confere, e sente súbita a brutalidade do sono — não devia ter avisado ninguém. Daqui a pouco começa a aporrinhação dos parentes. Olha de novo o relógio e calcula os minutos que ainda tem, muito poucos para o desejo que sente, os olhos fechando, quase o peso de um ser que o puxa para baixo com a mão. Deita-se no desajeitado sofá vermelho, curto para suas pernas, o que lembra súbito um instante perdido na infância, ainda vê o lustre no alto, com uma das lâmpadas ausente, fecha os olhos e dorme.

A manhã mais brutal da vida dele começou com o sono que se interrompe — chegavam os parentes. Ele está feliz, é visível, uma alegria meio dopada pela madrugada insone, mais as doses de uísque, a intensidade do acontecimento, a sucessão de pequenas estranhezas naquele espaço oficial que não é o seu, mais uma vez ele não está em casa, e há agora um alheamento em tudo, como se fosse ele mesmo, e não a mulher, que tivesse o filho de suas entranhas — a sensação boa, mas irremediável ao mesmo tempo, vai se transformando numa aflição invisível que parece respirar com ele. Talvez ele, como algumas mulheres no choque do parto, não queira o filho que tem, mas a ideia é apenas uma sombra. Afinal, ele é só um homem desempregado e agora tem um filho. Ponto final. Não é mais apenas uma ideia, e nem mais o mero desejo de agradar que o seu poema representa, o ridículo filho da primavera — é uma ausência de tudo. Mas os parentes estão alegres, todos falam ao mesmo tempo. A tensão de quem acorda sonado se esvazia, minuto a minuto. Como ele é? Não sei, parece um joelho — ele repete o que todos dizem sobre recém-nascidos para fazer graça, e funciona. O bebê é parrudo, grande, forte, ele inventa: é o que querem ouvir. Sim, está tudo bem. É preciso que todos vejam, mas parece que há horários. Daqui a pouco ele vem

— aquele pacotinho suspirante. A mulher está plácida, naquela cama de hospital — sim, sim, tudo vai bem. Há também um rol de recomendações que se atropelam — todos têm alguma coisa fundamental a dizer sobre um filho que nasce, ainda mais para pais idiotas como ele. Eu fiz um curso de pai, ele alardeia, palhaço, fazendo piada. Mas era verdade: passou uma tarde numa grande roda de mulheres buchudas, a dele incluída, é claro, com mais dois ou três futuros pais devotos, atentíssimos, ouvindo uma preleção básica de um médico paternal, e de tudo guardou um único conselho — é bom manter uma boa relação com as sogras, porque os pais precisam eventualmente descansar da criança, sair para jantar uma noite, tentar sorver um pouco o velho ar de antigamente que não voltará jamais.

E as famílias falam e sugerem — chás, ervas, remedinhos, infusões, cuidados com o leite —, é preciso dar uma palmada para que ele chore alto, assim que nasce, diz alguém, e alguém diz que não, que o mundo mudou, que bater em bebê é uma estupidez (mas não usa essa palavra) — eles não vão trazer a criança? E que horas foi? E o que o médico disse? E você, o que fez? E o que aconteceu? E por que não avisaram antes? E por que não chamaram ninguém? E vamos que acontece alguma coisa? Ele já tem nome? Sim: Felipe. Os parentes estão animados, mas ele sente um cansaço subterrâneo, sente renascer uma ponta da mesma ansiedade de sempre, insolúvel. Ir para casa de uma vez e reconstruir uma boa rotina, que logo ele terá livros para escrever — gostaria de mergulhar no *Ensaio da Paixão* de novo, alguma coisa para sair daqui, sair deste pequeno mundo provisório. Sim, e beber uma cerveja, é claro! A ideia é boa — e ele quase que gira o olhar atrás de uma companhia para, de fato, conversar sobre esse dia, organizar esse dia, pensar nele, literariamente, como um renascimento — veja, a minha vida agora tem outro significado, ele dirá, pesando as palavras; tenho de me disciplinar para que eu reconquiste uma nova rotina e possa sobreviver tranquilo com o meu sonho. O filho é como — e ele sorri, sozinho, idiota, no meio dos parentes — como um atestado de autenticidade, ele arriscará; e ainda uma vez fantasia o sonho rousseauniano de comunhão com a natureza, que nunca foi dele mas que ele absorveu como um mantra, e de que tem medo de se livrar — sem um último elo, o que fica? Em toda parte, são os outros que têm autoridade, não ele. O único território livre é o da literatura, ele talvez sonhasse, se conseguisse pensar a respeito. Sim, é preciso telefonar para o seu velho guru, de certa forma receber sua bênção. Muitos anos depois uma aluna lhe dirá, por escrito, porque ele não é de intimidades: você é uma pessoa que dá a impressão de estar sempre se defendendo. Sentimentos primários que se sucedem e se atropelam — ele ainda não entende absolutamente nada, mas a vida está boa. Ainda não sabe que agora começa um outro casamento com a mulher pelo simples fato de que eles têm um filho. Ele não sabe nada ainda.

Súbito, a porta se abre e entram os dois médicos, o pediatra e o obstetra, e um deles tem um pacote na mão. Estão surpreendentemente sérios, absurdamente sérios, pesados, para um momento tão feliz — parecem militares. Há umas dez pessoas no quarto, e a mãe está acordada. É uma entrada abrupta, até violenta — passos rápidos, decididos, cada um se dirige a um lado da cama, com o espaldar alto: a mãe vê o filho ser depositado diante dela ao modo de uma oferenda, mas ninguém sorri. Eles chegam como sacerdotes. Em outros tempos, o punhal de um deles desceria num golpe medido para abrir as entranhas do ser e dali arrancar o futuro. Cinco segundos de silêncio. Todos se imobilizam — uma tensão elétrica, súbita, brutal, paralisante, perpassa as almas, enquanto um dos médicos desenrola a criança sobre a cama. São as formas de um ritual que, instantâneo, cria-se e cria seus gestos e suas regras, imediatamente respeitadas. Todos esperam. Há um início de preleção, quase religiosa, que ele, entontecido, não consegue ainda sintonizar senão em fragmentos da voz do pediatra:

— ...algumas características... sinais importantes... vamos descrever. Observem os olhos, que têm a prega nos cantos, e a pálpebra oblíqua... o dedo mindinho das mãos, arqueado para dentro... achatamento da parte posterior do crânio... a hipotonia muscular... a baixa implantação da orelha e...

O pai lembra imediatamente da dissertação de mestrado de um amigo da área de genética — dois meses antes fez a revisão do texto, e ainda estavam nítidas na memória as características da trissomia do cromossomo 21, chamada de síndrome de Down, ou, mais popularmente — ainda nos anos 1980 — "mongolismo", objeto do trabalho. Conversara muitas vezes com o professor sobre detalhes da dissertação e curiosidades da pesquisa (uma delas, que lhe veio súbita agora, era a primeira pergunta de uma família de origem árabe ao saber do problema: "Ele poderá ter filhos"? — o que pareceu engraçado, como outro cartum). Assim, em um átimo de segundo, em meio à maior vertigem de sua existência, a rigor a única que ele não teve tempo (e durante a vida inteira não terá) de domesticar numa representação literária, apreendeu a intensidade da expressão "para sempre" — a ideia de que algumas coisas são de fato irremediáveis, e o sentimento absoluto, mas óbvio, de que o tempo não tem retorno, algo que ele sempre se recusava a aceitar. Tudo pode ser recomeçado, mas agora não; tudo pode ser refeito, mas isso não; tudo pode voltar ao nada e se refazer, mas agora tudo é de uma solidez granítica e intransponível; o último limite, o da inocência, estava ultrapassado; a infância teimosamente retardada terminava aqui, sentindo a falta de sangue na alma, recuando aos empurrões, sem mais ouvir aquela lenga-lenga imbecil dos médicos e apenas lembrando o trabalho que ele lera linha a linha, corrigindo caprichosamente aqui e ali detalhes de sintaxe e de estilo, divertindo-se com as curiosidades que descreviam com o poder frio e exato da ciência a alma do seu filho. Que era esta palavra: "mongoloide".

Ele recusava-se a ir adiante na linha do tempo; lutava por permanecer no segundo anterior à revelação, como um boi cabeceando no espaço estreito da fila do matadouro; recusava-se mesmo a olhar para a cama, onde todos se concentravam num silêncio bruto, o pasmo de uma maldição inesperada. Isso é pior do que qualquer outra coisa, ele concluiu — nem a morte teria esse poder de me destruir. A morte são sete dias de luto, e a vida continua. Agora, não. Isso não terá fim. Recuou dois, três passos, até esbarrar no sofá vermelho e olhar para a janela, para o outro lado, para cima, negando-se, bovino, a ver e a ouvir. Não era um choro de comoção que se armava, mas alguma coisa misturada a uma espécie furiosa de ódio. Não conseguiu voltar-se completamente contra a mulher, que era talvez o primeiro desejo e primeiro álibi (ele prosseguia recusando-se a olhar para ela); por algum resíduo de civilidade, alguma coisa lhe controlava o impulso da violência; e ao mesmo tempo vivia a certeza, como vingança e válvula de escape — a certeza verdadeiramente científica, ele lembrava, como quem ergue ao mundo um trunfo indiscutível, eu sei, eu li a respeito, não me venham com histórias — de que a única correlação que se faz das causas do mongolismo, a única variável comprovada, é a idade da mulher e os antecedentes hereditários, e também (no mesmo sofrimento sem saída, olhando o céu azul do outro lado da janela) relembrou como alguns anos antes procuraram aconselhamento genético sobre a possibilidade de recorrência nos filhos (se dominante ou recessiva) de uma retinose, a da mãe, uma limitação visual grave, mas suportável, estacionada na infância. Recusa. Recusar: ele não olha para a cama, não olha para o filho, não olha para a mãe, não olha para os parentes, nem para os médicos — sente uma vergonha medonha de seu filho e prevê a vertigem do inferno em cada minuto subsequente de sua vida. Ninguém está preparado para um primeiro filho, ele tenta pensar, defensivo, ainda mais um filho assim, algo que ele simplesmente não consegue transformar em filho.

No momento em que enfim se volta para a cama, não há mais ninguém no quarto — só ele, a mulher, a criança no colo dela. Ele não consegue olhar para o filho. Sim — a alma ainda está cabeceando atrás de uma solução, já que não pode voltar cinco minutos no tempo. Mas ninguém está condenado a ser o que é, ele descobre, como quem vê a pedra filosofal: eu não preciso deste filho, ele chegou a pensar, e o pensamento como que foi deixando-o novamente em pé, ainda que ele avançasse passo a passo trôpego para a sombra. Eu também não preciso desta mulher, ele quase acrescenta, num diálogo mental sem interlocutor: como sempre, está sozinho.

Uma rede silenciosa de solidariedade — a solidariedade da tragédia, uma solidariedade taciturna — ergueu-se em torno dele em poucas horas, mas ele não queria ouvir ninguém. Continua cabeceando; o minuto seguinte de sua vida está diante dele, mas ele não quer abrir essa porta. No silêncio com a mulher e o filho, viu-se chorando, o que durou pouco. Ele tentava desesperadamente achar alguma palavra naquele vazio; não havia nenhuma. Também era difícil concentrar o olhar em alguma coisa — como a coisa que estava nas mãos da mãe, a mãe a quem não achava nada para dizer. Um pequeno sopro de civilização ainda o fez tocar suas mãos, um gesto esvaziado e falso, frio como gelo, enquanto os olhos dançavam pelas paredes brancas, atrás de uma saída. Seria preciso dizer alguma coisa, mas ele nunca sabe o que dizer; muitos anos atrás, na formatura do ginásio, tentou redigir um discurso para concorrer ao posto de orador da turma, o que faria dele alguém visualmente importante, lá no púlpito, e não foi além da primeira exortação: Colegas! O braço fazia o gesto, o tom de voz era bom, a postura condizia: Colegas! E a alma despencava no vazio: as palavras dão em árvores, é só estender a mão, elas estão todas prontas, mas ele era absurdamente incapaz de achar uma só que lhe servisse. Hoje, de novo, a mesma sensação. Colegas! Como às vezes fazia nos momentos desagradáveis, projetou um futuro acelerado sobre si mesmo, a passagem vertiginosa do tempo, as coisas fatalmente acontecendo umas depois das outras, o envelhecimento e a morte, pronto, acabou, um cartum delirante, os traços se sucedendo — o que era aquele momento diante de tudo que talvez já estivesse desenhado diante dele? Um momento insignificante de alguém insignificante preocupado também com um ser insignificante — apenas uma estatística: vá em qualquer maternidade e a cada mil nascimentos haverá, lotérica, uma criança Down, que alimentará outras estatísticas e estudos como aquele que ele revisou, curioso. Cada coisa que há no mundo! Crianças cretinas — no sentido técnico do termo —, crianças que jamais chegarão à metade do quociente de inteligência de alguém normal; que não terão praticamente autonomia nenhuma; que serão incapazes de abstração, esse milagre que nos define; e cuja noção do tempo não irá muito além de um ontem imemorial, milenar, e um amanhã nebuloso. Para eles, o tempo não existe. A fala será, para sempre, um balbuciar de palavras avulsas, sentenças curtas truncadas; será incapaz de enunciar uma estrutura na voz passiva (*a janela foi quebrada por João* estará além de sua compreensão). O equilíbrio do andar será sempre incerto, e lento; se os pais se distraem, eles engordarão como tonéis, debaixo de uma fome não censurada pela sensação de saciedade, que neurologicamente demora a chegar. Tudo neles demora a chegar. Não veem à distância — o mundo é exasperadamente curto; só existe o que está ao alcance da mão. São caturros e teimosos — e controlam com dificuldade os impulsos, que se repetem, circulares. Só conseguirão andar muito tempo depois do tempo normal. E são crianças feias, baixinhas, próximas do nanismo — pequenos ogros de boca aberta, língua muito grande, pescoços achatados, e largos como troncos. Em poucos minutos — ele não pensou nisso, mas era o que estava acontecendo — aquela criança horrível já ocupava todos os poros de sua vida. Haveria, para todo o sempre, uma corda invisível de dez ou doze metros prendendo os dois. E então iluminou-se uma breve senda, também na memória do trabalho que ele revisou, e, na manhã de uma noite maldormida, mal acordado ainda de um pesadelo, a ideia — ou o fato, aliás científico, portanto indiscutível — bateu-lhe no cérebro como a salvação da sua vida. A liberdade!

Era como se já tivesse acontecido — largou as mãos da mulher e saiu abrupto do quarto, numa euforia estúpida e intensa, que lhe varreu a alma. Era preciso sorver essa verdade, esse fato científico, profundamente: sim, as crianças com síndrome de Down morrem cedo. Por algum mistério daquele embaralhar de enzimas excessivas de alguém que tem três cromossomos número 21, e não apenas dois, como todo mundo, as crianças mongoloides — a palavra monstruosa ganhava agora um toque asséptico do jargão científico, apenas a definição fria, não a sua avaliação — são anormalmente indefesas diante de infecções. Um simples resfriado se transforma rapidamente em pneumonia e daí à morte — às vezes é uma questão de horas, ele calculava. E há mais, entusiasmou-se: quase todas têm problemas graves de coração, malformações de origem que lhes dão uma expectativa de vida muito curta. Extremamente curta, ele reforçou, como quem dá uma aula, o balançar compreensivo de cabeça — é triste, mas é real. Anotaram no caderno? E há milhares de outros pequenos defeitos de fabricação. Um carro não conseguiria andar assim. Ele acendeu um cigarro, e parecia que a vida inteira voltava ao normal ao sentir aquela tragada maravilhosa, intensa, perfumada: veja, ele se dizia, não há velhos mongoloides. Você tem certeza disso?, alguém perguntaria, erguendo o braço; sim, nenhuma dúvida; eles morrem logo, e ele desejou passear por uma rua movimentada às seis da tarde só para conferir *in loco*, cabeça a cabeça, essa verdade indiscutível: eles não existem. Veja você mesmo. Procure na multidão: não existem. Era quase meio-dia, a maternidade agitada. Uma enfermeira lhe pergunta alguma coisa, ele diz que não, que vai sair, não querendo pensar muito na sua descoberta para não estragá-la, para melhor usufruir a liberdade que, súbita, estava diante dele, talvez — ele calculou — seja só uma questão de dias, dependendo da gravidade da síndrome.

Não há mongoloides na história, relato nenhum — são seres ausentes. Leia os diálogos de Platão, as narrativas medievais, *Dom Quixote*, avance para a *Comédia humana* de Balzac, chegue a Dostoiévski, nem este comenta, sempre atento aos humilhados e ofendidos; os mongoloides não existem. Não era exatamente uma perseguição histórica, ou um preconceito, ele se antecipa, acendendo outro cigarro — o dia está muito bonito, a neblina quase fria da manhã já se dissipou, e o céu está maravilhosamente azul, o céu azul de Curitiba, que, quando acontece (ele se distrai), é um dos melhores do mundo — simplesmente acontece o fato de que eles não têm defesas naturais. Eles só surgiram no século XX, tardiamente. Em todo o *Ulisses*, James Joyce não fez Leopold Bloom esbarrar em nenhuma criança Down, ao longo daquelas 24 horas absolutas. Thomas Mann os ignora rotundamente. O cinema, em seus 80 anos, ele contabiliza, forçando a memória, jamais os colocou em cena. Nem vai colocá-los. Os mongoloides são seres hospitalares, vivem na antessala dos médicos. Poucos vão além dos... quantos anos? Ele pensou em 10 anos, e calculou a própria idade, achando muito; talvez 5, fantasiou, vendo imediatamente uma sequência rápida de anos, os amigos consternados pela sua luta, a mão no seu ombro, mas foi inútil — morreu ontem. Sim, não resistiu. Voltariam do cemitério com o peso da tragédia na alma, mas, enfim, a vida recomeça, não é? Um sopro de renovação — como se ele tivesse existido apenas para lhes dar forças, para uni-los, ao pai e à mãe, sagrados. Viu-se caminhando no parque Barigui, quem sabe uma manhã bonita e melancólica como esta, repensando aqueles cinco — aqueles três anos, talvez dois. A têmpera da alma: eis a expressão certa para começar seu discurso de orador. Colegas! Precisamos da têmpera da alma!

Por que se preocupar? Refugiado na verdade cristalina de que seu filho não viveria muito — era apenas uma espécie de provação que Deus, se existisse, teria colocado na sua vida para testar a têmpera de sua alma, como fez a Job — o mundo parece que se reorganizou inteiro. Ele sempre foi um homem otimista. Alguém do século XX, ele sonhou, apaixonado pela técnica, entusiasmado pela ideia do prazer, fascinado pelas mulheres, atraído pela inteligência, mergulhado no mundo verbal, impregnado de duas ou três ideias básicas de humanismo e liberdade, um pequeno Pangloss da província, em rápida transformação. Ao mesmo tempo, uma rede tentacular de afetos, de que até o fim da vida ele jamais conseguirá se livrar completamente, parece que o arrasta para trás e o imobiliza. Eu não tenho competência para sobreviver, conclui. Não consegui nem um único trabalho regular na vida. Penso que sou escritor, mas ainda não escrevi nada. Tudo que tenho é um filho recém-nascido que deve morrer em breve. Mas esse, mas essa morte próxima, esse — ele gaguejava, tentando não pensar nisso, acendendo outro cigarro, tentando recuperar o fio de uma rotina que simulasse normalidade, o que fazer agora? almoçar? — mas esse fato, essa morte anunciada, parecia-lhe, nesse momento, o único lado bom de sua vida.

Como no cartum imaginário em que os fatos se sucedem ininterruptos, ele já está em casa. Há um simulacro de normalidade, desde o bonequinho azul na porta do quarto do filho — os presentes, os pacotinhos, os chocalhos pendurados, os enfeites, a incrível parafernália de um recém-nascido, fraldas, talcos, roupas, sapatinhos, babados, brinquedos — até as providências miúdas. Pai e mãe conversam como se não houvesse nada diferente acontecendo, até que um pequeno surto de depressão aflore, e então um breve gesto do outro repõe a normalidade possível, numa balança compensatória. A ideia — ou a esperança — de que a criança vai morrer logo tranquilizou-o secretamente. Jamais partilhou com a mulher a revelação libertadora. Numa das fantasias recorrentes, abraça-a e consola-a da morte trágica do filho, depois de uma febre fulminante. Mas ela sabe muito bem do risco, e trabalha em sentido contrário; nesses poucos dias está permanentemente, obsessivamente atenta a cada mínimo sinal que porventura surja para ameaçar o filho. Que, aliás, parece muito saudável para uma criança com aquela folha corrida genética. Abre a boca horrorosa e chora muito; quando dorme, dorme em excesso; é preciso acordá-lo, alguém sugeriu. Quanto mais ele se mover, melhor — melhor para quem?, o pai se pergunta. Move-se como qualquer outra criança. A língua parece um pouco mais comprida que a língua dos outros, ele pensa, mas os bebês são animais dúcteis, formam--se e deformam-se com facilidade, vão tomando contornos diferentes dia a dia. Se ele coloca o dedo na sua palma, o menino agarra-o com alguma força, o que, dizem, é sinal de boa saúde. Mas a cabeça, ele pensa, é grande demais, mesmo para um bebê, que são cabeçudos por natureza. Esse pescoço. E esse choro esganiçado — isso é normal?

Não, nada mais será normal na sua vida até o fim dos tempos. Começa a viver pela primeira vez, na alma, a angústia da normalidade. Ele nunca foi exatamente um homem normal. Desde que o pai morreu, muitos anos antes, o seu padrão de normalidade se quebrou. Tudo o que ele fez desde então desviava-o de um padrão de normalidade — ao mesmo tempo, desejava ardentemente ser reconhecido e admirado pelos outros. O que, bem pensado, é a normalidade absoluta, ele calcularia hoje. Uma criança típica, um adolescente típico. Um adulto típico? Era uma mistura de ideologia e de inadequação, de sonho e de incompetência, de desejo e de frustração, de muita leitura e nenhuma perspectiva. Todos os projetos pela metade, tudo parece mais um teatro pessoal que alguma coisa concreta, porque eram poucos os riscos. O medo da mesma solidão que ele alimentava todos os dias. A tentativa de se tornar piloto da marinha mercante, a profissão de relojoeiro, o envolvimento no projeto rousseauniano--comunitário de arte popular, a dependência de um guru acima do bem e do mal, a arrogância nietzschiana e autossuficiente com toques fascistas daqueles tempos alegres (ele percebe hoje), enfim a derrocada de se entregar ao casamento formal assinando aquela papelada ridícula num evento mais ridículo ainda vestindo um paletó (mas não uma gravata, ele resistiu, sem gravata!), a falta de rumo, uma relutância estúpida em romper com o próprio passado, náufrago dele mesmo, depois o curso universitário com a definitiva integração ao sistema, mas nenhuma de suas vantagens, desempregado indócil, escritor sem obra, movendo-se na sombra ensaboada de seu bom humor — e agora pai sem filho.

É preciso enfrentar as coisas tais como elas são; é preciso desarmar-se, ele sonhava. Não fugir do peso medonho do instante presente. A filosofia inteira do século se debruça sobre esse instante vazio, ele relembra. O problema é que as coisas — o filho agora, e toda a interminável e asfixiante soma dos pequenos fatos cotidianos que ele acumulou a vida inteira com a sensação de que criava e nutria uma personalidade própria — as coisas não são nada em si. O mundo não fala. Sou eu que dou a ele a minha palavra; sou eu que digo o que as coisas são. Esse é um poder inigualável — eu posso falsificar tudo e todos, sempre, um Midas Narciso, fazendo de tudo minha imagem, desejo e semelhança. Que é mais ou menos o que todos fazem, o tempo todo: falsificar. Essa algaravia monumental em toda parte, todos falando tudo a todo instante, esse horror coletivo ao silêncio. Há outra perspectiva? Nada tem essência alguma (ele lembra dos livros que leu) em lugar algum. Isso, sim, faz sentido. Eu só preciso escapar desta asfixia. O filho é a imagem mais próxima da ideia de destino, daquilo de que você não escapa. Ou daquilo de que você não pode escapar? Por quê? Por que eu não posso tomar outro rumo? — será a pergunta que fará várias vezes ao longo da vida. Porque eu já tenho uma essência, ele responde, que eu mesmo construí. A minha liberdade é uma margem muito estreita, suficiente apenas para me deixar em pé.

No escuro, a criança dorme.

Ele acende um cigarro na sala. Um dos raros momentos tranquilos, mas, ao apurar o ouvido, ouve o choro da mulher no quarto, quase um choro de criança inibida. Ele fica imóvel, ouvindo. A criança não acerta sugar o seio — é preciso toda uma operação de guerra para conseguir algumas gotas de leite. Indicam uma traquitana (o que lhe agrada, é claro): um pequeno funil de vidro com uma bombinha de borracha. Um objeto delicado: lembra-lhe algo antigo, uma farmácia de filme, um alquimista medieval. Aquilo suga o leite como um projeto de Da Vinci, ele fantasia.

Gotas amareladas — não parece leite. Dias tensos para a mãe, ele sabe. Numa das crises, ela lhe diz, no desespero do choro alto: Eu acabei com a tua vida. E ele não respondeu, como se concordasse — a mão que estendeu aos cabelos dela consolava o sofrimento, não a verdade dos fatos. Talvez ela tenha razão, ele pensa agora, no escuro da sala — é preciso não falsificar nada. Ela acabou com a minha vida — refugia-se no oco da frase, sentindo-lhe o eco, e isso lhe dá algum conforto.

A normalidade. O que dizer aos outros, quando encontra com eles? Sim, nasceu meu filho. Sim, está tudo bem. Quer dizer, ele é mongoloide. Não — essa palavra é pesada demais. E em 1980 ninguém sabia o que era "síndrome de Down". A maneira delicada de dizer é: Sim, um pequeno problema. Ele tem mongolismo. Mas isso exige uma rede de explicações subsequentes — e as pessoas nunca sabem o que dizer ou fazer diante daquela coisa esquisita. Ao "não me diga!" consternado, ele dá um tapinha nas costas, um sorriso, e tranquiliza — mas está tudo bem, são crianças bem-humoradas, com um bom tratamento elas ficam praticamente normais. "Praticamente normais". O que ele quer resolver agora não é o problema da criança, mas o espaço que ela ocupa na sua vida. E esses contatos medonhos do dia a dia: explicar. Já viu na enciclopédia que o nome da síndrome se deve a John Langdon Haydon Down (1828-1896), médico inglês. À maneira da melhor ciência do império britânico, descreveu pela primeira vez a síndrome frisando a semelhança da vítima com a expressão facial dos mongóis, lá nos confins da Ásia; daí "mongoloides". Que tipo de mentalidade define uma síndrome pela semelhança com os traços de uma etnia? O homem britânico como medida de todas as coisas. O príncipe Charles, aquela figura apolínea, será o padrão de normalidade racial, e ele começa a rir no escuro, acendendo outro cigarro. E como essa denominação durou mais de um século, como algo normal e aceitável? Sim, normal e aceitável, inclusive por ele mesmo — ele lembra agora, com um frio na espinha, como há poucas semanas comentou com um colega a burrice de uma professora: Parece uma mongoloide, ele disse. A palavra veio-lhe fácil, do trabalho que revisava — foi só estender a mão e recolher da árvore. Não cuspa para cima, que cai no olho, lembrou ele do dito popular, essa sabedoria calculista e pragmática, procurando sempre uma justiça secreta em todas as coisas, para fugir do peso terrível do acaso que nos define.

O problema da normalidade. Talvez ele mesmo escreva um pequeno roteiro com o texto certo para as pessoas recitarem no momento da confissão da tragédia. Algo como "Não me diga! Mas imagino que hoje em dia já há muitos recursos, não? Olha, precisando de alguma coisa, conte comigo" — e então ele diria, obrigado, vai tudo bem. Mudariam de assunto e pronto. Bem, em grande número de encontros, não precisaria dizer nada: são bilhões de pessoas que não o conhecem, contra apenas umas dez ou doze que o conhecem. Essas já sabem; não é preciso acrescentar nada. Na maior parte dos casos, basta dizer: Sim, a criança vai bem. Felipe, o nome dele. Obrigado. E nada mais foi perguntado e nada mais se respondeu, dando-se por encerrado o assunto e prosseguindo a vida em seus trâmites normais. Ele respira aliviado. O problema, ele insiste, é que não há bem um lugar para essa criança na sua vida. Lembrou, em pânico, do poema *O filho da primavera*, que lhe ressurgiu súbito inteiramente ridículo, patético, o horror do texto ruim, do mau gosto, do arquikitsch desabando na cabeça e na memória — ele havia entregue para publicação numa revista de letras, e começou a suar, só de lembrar. Teria de suportar aquilo impresso — talvez até o viessem cumprimentar pelo talento e pela sensibilidade: "Como você superou bem o problema!", diriam, solidários, o sólido aperto de mãos, o sorriso de admiração. Sim, todos sempre souberam que ele tem talento. E a mentira escarrada: um poema meloso para um filho retardado. Era preciso impedir a publicação daquilo. Ele perde qualquer resquício de sono, só em lembrar: amanhã cedo mesmo falará com a editora da revista: Por favor, não publique o poema. Ainda há tempo, não? Ele não sabe ainda, mas bastou um breve fiapo de realidade mais difícil para que se apurasse seu senso de literatura. Mas aqui o problema é outro.

A vergonha. A vergonha — ele dirá depois — é uma das mais poderosas máquinas de enquadramento social que existem. O faro para reconhecer a medida da normalidade, em cada gesto cotidiano. Não saia da linha. Não enlouqueça. E, principalmente, não passe ridículo. Ele pensava sinceramente que já havia transposto esse Rubicão de uma vez por todas — o teatro de rua de que participara anos atrás, na comunidade, aquela grandiloquência pretensiosa fantasiando-se de teatro popular já lhe dera micos suficientes para um doutorado em cara de pau. Mas havia a proteção de grupo e o invólucro da inconsequência — ele ainda podia ser qualquer coisa a qualquer momento; ele ainda podia mudar de rumo; ele não tinha destino algum. Tinha só a arrogância feliz da liberdade. Fodam-se.

A família do velho Kennedy escondeu do mundo, a vida inteira, um filho retardado. Havia muita coisa em jogo, é verdade — mas o grande motor era a vergonha. A vergonha regula do catador de lixo ao presidente da República. É uma chave poderosa da vida cotidiana: esses políticos deviam é ter vergonha na cara!, nós dizemos todos os dias, o que é um mantra que nos redime e nos tranquiliza. Como se fosse a mesma coisa, agora ele sentia vergonha, embora a palavra, por algum mistério, não lhe aflorasse, o som da palavra em sua simplicidade, como se alguma coisa tão absurdamente simples, vergonha, não pudesse fazer parte de sua vida (só os medíocres sentem vergonha, ele recitava) — o que chegava à pele, o que queimava, era o sentimento insuportável de alguma coisa errada. E alguma coisa errada não com o filho, mas com ele mesmo.

A criança dorme, a mãe agora também dorme, e ele acende outro cigarro, no escuro. A mulher tem razão: ela acabou com a vida dele, ele suspira, concordando, e sente-se misteriosamente mais tranquilo.

Em apenas dois dias surgiu outro argumento poderoso para escapar do peso do momento presente: a hipótese de que houvesse um erro de diagnóstico, e que, de fato, a criança fosse normal ou tivesse algum problema de outra natureza, bem menos grave.

Só havia um modo de tirar a dúvida: fazer o cariótipo da criança, a fotografia dos cromossomos. Mas ele não consegue se enganar: sabe que essa hipótese é remota — o menino parece uma demonstração viva de todas as características mais óbvias da síndrome, praticamente um exemplo didático para usar em sala de aula. Conversando com o professor da área de genética, descobre a possibilidade de uma salvação milagrosa, mas que seria pelo menos rigorosamente científica. O estudo de um pesquisador francês de alguns anos antes, sobre a ocorrência da trissomia em gêmeos, teria revelado que pode haver manifestação parcial da síndrome — descobriu-se que uma parte delimitada do cromossomo extra é responsável estritamente pelo retardo mental, e outro segmento, também perfeitamente delimitado, é responsável pela aparência física, pelo fenótipo, o conjunto de características externas que permitem o diagnóstico. No caso dos gêmeos, um exemplo fortuito, houve uma "distribuição do problema": um deles, de aparência perfeitamente normal, apresentava a deficiência mental típica da síndrome; o outro, de aparência inequivocamente Down, era uma criança mentalmente normal.

O caso era um milagre — de ocorrência e de sorte científica do pesquisador em flagrá-la — mas o pai se aferrou ao milagre assim que soube dele. Sim — praticamente não havia dúvida de que o Felipe era uma criança normal; veja como ele aperta o dedo com força assim que você toca na palma dele! Muito provavelmente, ele argumentava, agitado, talvez para não ouvir o que ele mesmo dizia, muito provavelmente a parte afetada do cromossomo é apenas a das características físicas, não a responsável pelo retardo mental. Essa fantasia lhe dava fôlego para sobreviver mais alguns dias (já se antecipava, em lapsos visionários de que ele mesmo achava graça, nervoso, preocupando-se com a feiura da criança — como convencer os outros de que aquele pequeno monstro seria, de fato, uma criança normal?); a outra hipótese, a mais sólida — trata-se sem discussão de uma trissomia do cromossomo 21 —, também não seria tão trágica, afinal, pela vulnerabilidade da criança — uma infecção e ela não sobreviveria. Em qualquer caso, Pangloss está feliz! Tudo que ele queria era um apoio silencioso naquela passagem de tempo, qualquer coisa que não fosse encarar o fato em si. Deixar escorrer o tempo, no limbo da inconsciência. Mais uma vez ele sairia do outro lado, sozinho, são e salvo, mais experiente, mais maduro, mais compenetrado de seu grande destino.

Era preciso, entretanto, enfrentar o cariótipo. Até meados dos anos 1950 não se sabia o que causava o chamado mongolismo. Foi o médico francês Jerôme Lejeune (1926-1994) quem pela primeira vez relacionou a síndrome com uma característica genética perfeitamente delimitada, a trissomia do cromossomo 21. Em 1958 — o pai lê, ávido, o material que o professor lhe empresta — Lejeune vai à Dinamarca para revelar as fotos dos cromossomos que tirou em um laboratório da França. Mais tarde, no Canadá, ele apresenta a tese do "determinismo cromossômico" dos "mongoloides". No ano seguinte, publica seu trabalho — pela primeira vez se determina a relação entre uma aberração cromossômica e uma deficiência mental. Era mais um passo em direção à desdemonização do mundo, comprovando-se nessa área sensível, território privilegiado da magia, dos bruxos, dos maus-olhados, das maldições e das transcendências de ocasião, mais uma vez a natureza arbitrária, absurda, lotérica, errática dos fatos; em suma, um cariótipo é por si só mais um passo demonstrativo da vida em direção à profunda indiferença de todas as coisas. Ele fecha os olhos, tentando dar uma dignidade fria ao seu desespero: a contingência do ser é um fato, repete ele, como se a revelação por si só o salvasse do abismo. Mas é ainda incapaz da pergunta seguinte: e daí?

Ainda no hospital (lembra-se agora, acendendo outro cigarro e olhando para o teto), o irmão dele veio vê-lo.

— Você já sabia — o irmão disse, sério como um sacerdote, como quem sussurra um segredo esotérico acessível apenas aos iniciados, aproximando o rosto como um cristão disfarçado do primeiro século, movendo-se nas sombras do paganismo hostil — e mostrou-lhe o documento indiscutível, um dos dez poemas que o pai do Felipe havia escrito anos antes, numa pensão em Portugal, em seus tempos de mochileiro, e enviado ao irmão. "Tudo está em tudo", talvez ele dissesse em complemento. Mesmo com 42 graus de febre, o irmão sempre se recusou a tomar remédio; no máximo, uma água fria na testa — "A natureza sabe o que faz." O pai do Felipe abriu o papel, já antevendo o que estava ali. Irritando-se com a consolação tranquila e medieval que o irmão oferecia, releu o próprio texto, de má vontade:

Nada do que não foi
poderia ter sido.
Não há outro tempo
sobre esse tempo.

Amanhã e amanhã
é uma escada curva.

Ninguém abre a porta
ainda em modelo.
Hoje ouvimos os ratos
roendo o outro lado.
Ninguém chegou lá,
porque hoje é aqui.

Mas o sonho insiste
o sonho transporta
o sonho desenha
uma escada reta.

Quando cortas o pão
o depois-de-amanhã
não te interessa.
Mesmo que sabes:
todas as forças
estão reunidas
para que o dia amanheça.

Ele estava demasiadamente destruído, no momento, para contra-argumentar, mas começou a moer e remoer o seu próprio poema assim que ficou sozinho. Nada aqui sou eu, disse ele, em voz alta. Isso é um simulacro de poesia; cada verso deixa o seu rastro à vista, num amadorismo elementar. O "nada do que não foi" é um eco longínquo e inepto do *Quatro quartetos*, que por sua vez repete o Eclesiastes; mas a minha referência é postiça. Nunca assisti a uma missa inteira na minha vida. Não sei latim nem sou leitor da Bíblia. Não gosto de padres, pastores, profetas, rabinos, milagreiros; sofro de anticlericalismo atávico. Não tenho absolutamente nada a ver com essa causalidade mítica que querem inventar na cultura do Ocidente, esses brasões de isopor, pintados de ouro, que atravessam os tempos; nunca li Virgílio inteiro; tudo isso é sabedoria de um almanaque sofisticado — T. S. Eliot é alguém incompreensível para mim. E continua, quase em voz alta: "Nada do que não foi poderia ter sido" é um prosaísmo horrível herdado das teses do velho guru, para quem haveria uma misteriosa "proporção correta" entre todas as coisas — de novo, a mágica explicação medieval do mundo, tudo está em tudo, esse delírio capaz de atrair (e tranquilizar) tantos milhões de pessoas todos os dias. Há uma causa e uma culpa em tudo — é preciso que haja, é absolutamente indispensável que haja um sentido para as coisas, ou caímos no abismo. Ele sente que a ideia do acaso é insuportável — pois é exatamente aí que ele quer estar, naquilo que não pode ser suportado, ele sonha, como quem se afasta do corpo e se transforma em abstração. A escada curva do amanhã, a porta ainda em modelo, são ecos de algum verso de Carlos Drummond de Andrade, que ele leu, repetiu e decorou tantos milhares de vezes desde a infância que já fazem parte de sua sintaxe. "Mesmo que sabes" é um enigma oco. A estrofe final, que parece uma marcha militar, vem de algum ideário marxista difuso, linguagem do tempo, estilo revolução cubana, companheiros, avante!, determinismo dialético, a ideia de que a causalidade absoluta da natureza se confunde com a causalidade contingente dos fatos da cultura e da história; "realismo" socialista. As "forças reunidas" descem pela escada de algum verso retumbante em berço esplêndido, talvez. O desejo de que o dia amanheça, quem sabe num sábado, tem um quê de Vinicius de Moraes, outro tanto de Geraldo Vandré, para não dizer que não falei de flores. E lembrou que o poema foi escrito em Portugal, em plena Revolução dos Cravos — cinco governos provisórios em um ano. Ele absorvia aquilo pelos poros — e um pouco por preguiça. O paraíso estava próximo, faltava só acertar os detalhes.

Problema mesmo, de verdade, era o dele, agora. A autodemolição poética deixa-o sem chão, ainda no corredor do hospital. Mas ele sabe exatamente o que não quer, ao reagir ao conforto poético: não quer uma muleta. Quer o fato em si. O âmago das coisas, sonha ele, não resistindo ao prazer da bravata. E quer manter intacto o orgulho, o sentimento da própria superioridade, que custou tanto a alimentar, que foi sempre a direção cega de sua vida — ou não teria feito nada, ou teria sido igual a todo mundo, carimbando formulário em algum balcão, puxando o saco de alguém, dependendo da própria gentileza e da gentileza alheia, pedindo favor, sendo aquilo que todos os outros são, no seu olhar incompleto. Essa porcariada toda, esse lixo que ele vê em volta. Eu não quero isso. Eu nunca quis isso. Não, ele tem outro destino (vêm-lhe à mente outro desfile de fantasias, os arquétipos, as figuras míticas de uma Grécia retumbante e *kitsch*, com seus deuses seminus, contra os quais, parcas do destino, não há desgraçadamente o que fazer, estamos escritos para todo o sempre; é o nascimento da tragédia, de Nietzsche, cujos trechos mais impactantes ele copiava laboriosamente no silêncio sinistro da Biblioteca de Coimbra). O âmago das coisas. Repita várias vezes essa expressão, ele se diz, em voz alta, e veja se ela mantém algum sentido. O âmago das coisas. O âmago das coisas.

O âmago das coisas, nesse momento, é a descoberta de Lejeune, tão simples na sua metodologia prosaica de laboratório, na completa ausência de *pathos* da melhor ciência, o trabalho de formiga diante de plaquinhas de vidro, anos a fio. Um trabalho realmente não espetacular. Uma coisa medíocre. Levanta-se uma hipótese e testa-se a hipótese: repita-se a operação até se chegar à "verdade dos fatos". Sim, a maçã cai na cabeça e pode-se ter um estalo de criação — a lei da gravidade; mas isso não elimina a hipótese nem a sua repetição sistemática. É um terreno pantanoso, ele sabe, e sabe que esse não é o terreno dele. Qual é mesmo o terreno dele? O orgulho descomunal, teimoso como um camponês, a consciência luminosa do próprio destino, grande como o dos gregos, a solidão como um valor ético. E o que ele tem? Nada. Vive às custas da mulher, jamais escreveu um texto verdadeiramente bom, sofre de uma insegurança doentia e, agora, tem um filho que, se sobreviver, o que é pouco provável, será uma pedra inútil que ele terá de arrastar todas as manhãs para recomeçar no dia seguinte e assim até o fim dos dias, pequeno Sísifo do vilarejo. Porque não terá sequer a coragem de matá-lo, oferecê-lo em sacrifício aos deuses, o que nos daria a dimensão épica dos tempos sagrados, ele divaga. A saudade da pureza primordial; a brutalidade do mundo dionisíaco; o valor da tribo. Se alguém grande como Heidegger entregou de tão boa vontade a alma numa bandeja à tribo, por que ele não poderia fazer o mesmo? Mas ele, o pai, ri — é a sua única boa dimensão, nesse momento. Oculta-se na sombra do humor. O riso desmonta — nenhuma tragédia sobrevive a ele. E oculta: o homem que ri não é visível. O riso não tem forma — ele dá a ilusão da igualdade universal de todas as coisas.

O âmago. Repita: O âmago das coisas. Ele avança com a mulher e o filho para o prédio da genética, na universidade. Já esteve aqui, anos antes, tentando avaliar a probabilidade de repetição hereditária de uma provável retinose da mulher, de características indecifráveis. Newton Freire-Maia classificou-a como gene dominante — a possibilidade de que acontecesse o mesmo com os filhos seria de 50%. Ouvindo Freire--Maia, ele lembrou das leis de Mendel, nos tempos de colégio. Gostava daquilo — era uma árvore perfeita, geometricamente delimitando olhos azuis (dependendo dos pais, 25%) e olhos castanhos (os outros 75%); ele *via*, graficamente, o poder da possibilidade, tirando linhas daqui e dali, genes recessivos, genes dominantes. Uma ciência exata. (Alguém lhe disse, anos depois, que Mendel muito provavelmente fraudou o cálculo de suas ervilhas, para que o resultado fosse tão miraculosamente exato. Não importa: ele extraiu a lei, que continua viva, em cada nascimento dos bilhões do mundo.) Cinquenta por cento? — era uma aposta razoável contra o destino; o poder da paixão, e ele abraçou a mulher. Que são 50%? Uma pura ideia. Sim, vamos colocar nossas fichas em nós mesmos, no vermelho, e se beijaram e se amaram. Mas a roleta perdeu o rumo, deu preto, a bolinha saltou para outra mesa do cassino e agora eles tinham nos braços uma trissomia 21.

Era ainda preciso classificar o tipo de trissomia. Se simples, a possibilidade de repetição da síndrome era mínima. Se de outro tipo, nem tanto. Os professores, gentis, explicam sorridentes a máquina dos cromossomos — ele vê aquela fotografia ampliada em preto e branco, uma sequência numerada de duplas irregulares que parecem dentes com raiz, fora de foco. Estamos inteiros ali, ele imagina. Pensando bem, são poucas variáveis para tantos resultados disparatados. A ciência organiza — o que vem embaralhado na natureza, a ciência abstrai e dispõe em fila, por tamanho e características. Este cromossomo aqui, o 21, e o dedo aponta — veio com uma família maior; são três, em vez de dois. Se for esse o caso, é claro, embora... embora o fenótipo, o conjunto das características físicas, não desminta. Mas.

Uma gota de sangue. A criança mal se move, mergulhada na escuridão do sono. Depois será o sangue dos pais, mas daí apenas em nome da ciência, para abastecer o banco genético. Algum pesquisador, diante dos cariótipos de centenas de pais de crianças Down, poderá quem sabe ter um momento de criação e descobrir alguma nova lei de recorrência genética. Mas não é nisso que ele pensa agora — é só no resultado que virá. Já estava perfeitamente integrado ao destino, nesse primeiro momento: tenho um filho com mongolismo (não conseguia mais pronunciar a palavra "mongoloide"), ele dizia, e é com isso que tenho de lidar. Esse é o problema; não invente outros; não agora. O impacto inicial de dias antes começava a amortecer. Mesmo porque ele reservava um sobredestino sobre o primeiro: a fragilidade da criança (de um momento em diante, evitava pensar nisso, sacudindo a cabeça, mas a ideia estava lá) faria o resto. Simulando consternação, ele ouvia a estatística dos professores: cerca de 80% das crianças mongoloides não sobrevivem muito tempo. Mas hoje, eles ressaltavam, isso tende rapidamente a mudar. (Não no meu caso, ele sonhava, e sacudia a cabeça.) Quem sabe haja mesmo, de fato, uma proporção correta entre todas as coisas? Mas agora entrava outra variável, como um jogador descartado que, subitamente, vê a chance de voltar ao jogo — e se o cariótipo indicasse de fato que se trata de uma criança normal? Apenas esse fiapo ridículo de esperança dava-lhe alguns dias de normalidade, até que o exame ficasse pronto. Talvez, ele pensava, ao voltar a céu aberto, um dia bonito — eu deva continuar meu livro e me esquecer um pouco.

É preciso ainda consultar um especialista em genética médica, para conferir uma eventual cardiopatia — todos os médicos disseram que não há nada de errado com a saúde do menino, mas a incidência de problemas de coração em crianças com trissomia 21 é muito alta. Um especialista saberia localizar o problema, se houver, com precisão. Ao cruzar o pátio dos milagres do Hospital das Clínicas, aquela pobreza suja, estropiada, cristã, os molambentos em fila, a desgraça imemorial em busca de esmola, aqui e ali as ambulâncias de prefeituras do interior trazendo votos potenciais que se arrastam em muletas, o gado balançando a cabeça e contemplando no balcão uma cerca incompreensível e intransponível, cuidada por outra espécie de gado que carimba papéis e entrega senhas; o sétimo céu é algum corredor que dê em outra sala onde um apóstolo de branco estenderá a mão limpa e clara sobre as cabeças para promover a cura milagrosa — ele pensa em Nietzsche e no horror da misericórdia, a humilhação como valor, a humildade como causa, a miséria como grandeza. Pois o seu filho, confirmada a tragédia, nem mesmo a esse ponto (ele olha em torno) chegará, porque não terá cérebro suficiente para inventar um deus que o ampare e não terá linguagem para pedir um favor. O que o ampara agora, no vaivém desses dias medonhos, é a perspectiva justamente da cardiopatia do seu filho, que acabará logo com o pesadelo, ele sonha, e mais uma vez se antevê recebendo abraços e condolências sentidas. Pensa vagamente na imagem de um filme inglês, um enterro sob uma árvore, num fim de tarde melancólico, todos de preto. Mas não haverá serviço religioso. Uma cerimônia limpa e tranquila. Um recomeço: o mundo começa com um suspiro de alívio. O desejo estúpido de morte não o deixa — há um esforço de derrotá-lo (primeiro a miragem de um engano genético, que faria desse nascimento só um pequeno trote do destino), depois a vergonha do próprio sentimento, a estupidez de sua frieza oculta — ele não consegue ocultá-lo; em lapsos, esse desejo volta irresistível, e é como um sonho.

A porta se abre e uma jovem médica residente, gentil, os recebe com um sorriso — olha com um carinho maternal para a criança, que dorme suave no colo da mãe. É preciso preencher alguns papéis, ela diz, em tom amigável. Ele se sente um animal chucro, puxando o pescoço para se livrar do freio na boca, aquela prisão incômoda que o arrasta para trás: responder a perguntas idiotas diante de uma mesa, há sempre uma invasão de intimidade — o que você faz, do que você vive, quem você pensa que é —, e aquela irritante compreensão humanista dos que têm poder mas o usam com moderação. Aceite a regra do jogo, é o que eles dizem. É uma mulher bonita e realmente tranquila, ele vai descobrindo, e se angustia com a ideia de ser um homem tão transparente — todos descobrem de imediato o que se passa na sua cabeça, ele imagina. No colo da mãe, a criança move a cabeça e boceja, olhos fechados. Será que, assim, ninguém percebe que esta não é uma criança normal? Os bebês — mesmo o dele — são todos parecidos. Por um bom tempo, até que a criança cresça, ele divaga, eles poderão passear com o filho sem ter de dar nenhuma explicação adicional.

Na outra sala, está o médico — um velho senhor cansado e sem humor que mostra um sorriso contrariado ao pegar a criança e colocá-la no pequeno balcão protegido por uma manta e lençóis. Enquanto tira a roupa do bebê, o que ele faz quase com alguma rispidez, o homem vai dando informações avulsas sobre a síndrome com uma voz monótona — e o pai percebe, agulhadas silenciosas na alma, que há uma brutalidade medida em cada palavra. Cada palavra é rigorosamente verdadeira, com certeza — e no entanto, ele sente, uma grande mentira está em curso, cuja fonte ele não consegue localizar. "A mentira sou eu, talvez." Agora senta-se diante da mesa, os olhos atraídos por um livro de que ele vislumbra as palavras "mongolismo" e "estimulação", e estende imediatamente a mão para pegá-lo, mas o médico é mais rápido e, como quem apenas limpa o terreno, tira dali o volume, que desaparece numa gaveta. No mesmo instante surgem lápis e papel — e o homem começa a fazer alguns traços e escrever alguns números, como quem ensaia a demonstração de um teorema.

— A criança, com um bom estímulo, poderá chegar a cinquenta, sessenta por cento da inteligência de uma criança normal. E, bem-cuidada, pode até ter uma vida quase normal, com relativa autonomia. Vejamos agora como está o coração.

Uma espécie de aula para alunos estúpidos. Coloca o estetoscópio nos ouvidos e, como quem investiga uma mensagem do além, os olhos quase fechados, aquela rede de rugas no rosto envelhecido, um pajé na tribo, ausculta o coração durante alguns minutos, movendo milimetricamente a peça sobre o peito da criança (que deve sentir o frio do metal, ele fantasia, sentindo o mesmo arrepio na pele). A médica sorri — é apenas uma rotina, fiquem tranquilos, parece que ela diz. A mãe está tensa; o pai aguarda, ainda com os 50% de inteligência batendo na alma. Por que alguém assim deve viver? Mas a irritação profunda e inexplicável contra o que ele julga ser a estupidez do médico, presente em cada gesto, aquela grossura, a prepotência de quem tem diante de si apenas uma breve estatística — ele certamente terá coisa melhor a fazer do que repetir esse beabá idiota a pais ignorantes —, acaba por colocar o pai ao lado do seu filho, como um desafio, e isso o envenena mais, porque já começa derrotado. O médico, olhos fechados com força, eleva a cabeça para o alto e franze mais ainda a testa amarrotada, o toque da mão recebendo uma mensagem:

— Ele tem um sopro.

Ignora os pais — é para a médica que ele fala. No silêncio duro que se segue, ela põe o seu estetoscópio e vai conferir, a residente aprendendo uma lição. Mas resiste a concordar.

— Eu acho que não.

Insiste ainda, já que o médico não diz nada em troca — para ele, será uma questão apenas de tempo a concordância dela; o sopro é óbvio. Mais meio minuto de procura. E volta a dizer:

— Não estou percebendo.

A criança move braços e pernas, em silêncio. O médico volta a auscultar, num gesto brusco, desafiado. Demora um pouco mais. Concentra-se, de olhos fechados. É a reputação dele que parece estar em jogo.

— Aqui. Nenhuma dúvida. Um sopro.

O pai imagina imediatamente um bisturi abrindo o peito da criança, atrás de um defeito impossível de resolver no meio daquele sangue, dedos em luva arrancando um pequeno coração inútil, que ainda bate — ela não sobreviverá à operação. Mas a teimosia da médica como que o redime:

— Eu acho que não é um sopro.

Ele ainda tem espírito para avaliar a beleza da palavra: um sopro. Algo suave que irrompe e se interrompe. Mas a insistência da mulher em defender a criança daquele sopro fantasma salva-lhe a manhã — há alguém do seu lado, parece. Não é mais a criança que está em jogo, afinal, mas uma mulher bonita contra um ogro estúpido. O que ela disser será sempre melhor do que o que ele disser, ele fantasia. Talvez seja o jogo de um filme americano: o tira bonzinho e o tira malvado. O bonzinho — ela — está ali para amortecer a pancada da realidade, que fica a cargo do tira mau, o velho desagradável. Não há o que discutir: uma cardiopatia está a caminho, o velho insiste. E ela rebate, talvez quebrando o *script* previamente acertado entre eles: a criança não tem nada, o que cria um mal-estar que já não tem relação nenhuma com o filho, que enfim começa a chorar seu choro lento, enquanto os médicos quase discutem. A mãe pega no colo a criança, já vestida, e a embala; o pai fica atento à conversa dos médicos — há uma tensão ali. Que levem a criança a outro médico, um sobre-especialista, cuja única função, parece, é descobrir coisas assim — se um sopro é um sopro ou é outra coisa.

— Mas não há dúvida — remata o velho senhor —, é uma cardiopatia.

Ao que a jovem senhora, sorridente, responde com o olhar, enquanto os encaminha de volta ao corredor: Fiquem tranquilos, não é nada, ela parece dizer. Na volta ao mundo real, um simples exame com outro especialista constata: não há nada de errado com o coração do Felipe.

Escrever: fingir que não está acontecendo nada, e escrever. Refugiado nesse silêncio, ele volta à literatura, à maneira de antigamente. Uma roda de amigos — o retorno à tribo — e ele lê em voz alta o capítulo quatro do *Ensaio da Paixão*, que continua a escrever para esquecer o resto. Ler em voz alta: um ritual que jamais repetiu na vida. Naquele momento, ouvir a própria voz e rir de seus próprios achados, com a plateia exata, é um bálsamo. E ele escreve de outras coisas, não de seu filho ou de sua vida — em nenhum momento, ao longo de mais de vinte anos, a síndrome de Down entrará no seu texto. Esse é um problema seu, ele se repete, não dos outros, e você terá de resolvê-lo sozinho. Fala muito em voz alta, e ri bastante — não será derrotado pela vergonha de seu filho, ainda que tenha de fazer uma ginástica mental a cada vez que se fale dele em público. Simular, quem sabe, que o filho não nasceu ainda — que alguma coisa vai acontecer antes que o irremediável aconteça. Escreva, ele se diz — você é um escritor. Cuide do mínimo — o resto virá sozinho. A criança vai bem, em silêncio no quarto. Não há muito a fazer. Já sabe que é preciso estimulá-la, mas as informações são poucas e vagas, e ele odeia médicos, hospitais, enfermarias e enfermeiros, tratamentos, remédios, doentes, planos de saúde (nunca teve nenhum), prescrições, bulas, farmácias. Sente dificuldade em olhar para o filho, que lhe lembra sempre tudo que não lhe agrada. Pediu expressamente à professora que não publique o poema, aquele poema ridículo, e parece — ele se lembra vagamente — que ela disse sim, a coisa seria retirada da revista. É um alívio. Os leitores deveriam ser poupados daquela baboseira horrorosa.

Mas o *Nada do que não foi*, e a imagem do irmão, apresentando-lhe a filosofada em versos que ele mesmo escreveu como antídoto ao horror da vida, volta-lhe à memória de tempos em tempos, sempre com um sentimento de irritação. O poema defendia um fatalismo otimista: as coisas acontecem inapelavelmente e elas já estão escritas em algum lugar, o que lhes dá o estatuto de valor indiscutível. O simples fato de que acontecem já é um valor a ser respeitado: o peso simples e brutal da realidade, o que se pode pegar com a mão. Foi preciso que nascesse o seu filho para que, de um golpe só, percebesse a fissura medonha daquele otimismo cósmico que ele havia tomado de empréstimo de algum lugar como moldura estética da própria vida — tão lindo, tudo está em tudo, o tempo presente contido no tempo passado, a harmonia celestial, e nós, seres de papelão, participando do espetáculo do universo como convidados de honra. Seja sábio: aceite.

Mas ele formula uma reação; ou pelo menos verbaliza aquilo que, de fato, tentou guiar sua vida até ali: *eu não estou condenado a nada — eu me recuso a me condenar a alguma coisa, qualquer que seja. Sempre consegui tomar outra direção, quando preciso.* Era um outro tipo de bravata, ele sabia — mas é preciso começar de alguma parte. Por onde? Por aqui mesmo, aqui, agora, hoje, eu e meu filho deficiente mental para todos os tempos. Essa criança, nesse momento, ele calcula, não é absolutamente nada; um ser orgânico buscando sobrevida, e só. Nesse ponto, ela se iguala a qualquer outra, normal ou anormal, do mundo inteiro, em qualquer lugar. Aqui e agora: se ela morresse aos dois dias da cardiopatia inexistente, se fosse fulminada por uma outra mutação qualquer no quarto dia de vida ou por qualquer outra razão aleatória dos possíveis da vida, bem — lá estaríamos nós no entardecer do cemitério, sob a sombra daquela bela árvore, recebendo pêsames, com um sopro de alívio. Melhor assim, diriam todos num sussurro. Os abraços apertados dos amigos, como seriam bons! Não houve tempo para que o filho recebesse dos outros algum contorno vivo além do mundo dos reflexos e do próprio nome no cartório. Ele não teria sido nada além da vida biológica. Um ser ainda estranho, a quem nós, os pais, demos a dádiva de uma presença, e mais nada. A ideia de uma criança: é isso que me falta, o pai talvez dissesse, se pudesse formular com mais clareza o que sentia. Esta criança não me dá nenhum futuro, ele se viu dizendo. Não estou condenado a nada, ele quase diz em voz alta. Posso ir a Moçambique dar aula de português para uma tribo perdida no mato, e nunca mais voltar. Ou entrar nos Estados Unidos e trabalhar como varredor — já fiz isso na Alemanha, posso fazer de novo —, enquanto escreveria livros que me tornariam célebre, com outro nome. Eu posso — ele se via dizendo, com uma irritação crescente contra a própria impotência. Abre outra cerveja, e pensa vagamente que precisa comer alguma coisa, quando o telefone toca.

Súbito, lembra que ainda falta algo para o irremediável — a confirmação genética, uma derradeira e improvável carta na manga, breve fantasma de salvação, algum milagre dos cromossomos. A resposta está na outra ponta da linha. Suspende a respiração. Mas a última muleta desaba:

— Nenhuma dúvida. O cariótipo deu mesmo a trissomia do 21.

Pai e mãe são tomados pelo silêncio. É preciso esperar para que a pedra pouse vagarosamente no fundo do lago, enterrando-se mais e mais na areia úmida, no limo e no limbo, é preciso sentir a consistência daquele peso irremovível para todo o sempre, preso na alma, antes de dizer alguma coisa. Monossílabos cabeceantes, teimosos — os olhos não se tocam.

— A gente já sabia.

— Sim.

Anos depois, ele pensaria: vivemos de um modo tão profundamente abstrato, que não bastava a presença da criança, todas as suas evidências; para que ela começasse, de fato, a se tornar alguma coisa, era preciso um documento oficial, um papel, um carimbo, uma comprovação de um saber inatingível, uma fotografia ilegível, aquelas manchinhas negras dançando no caos de um fundo cinza, agora ordenadas por tamanho e tipo, uma a uma, em duas colunas, dando uma ordem científica ao caos da vida real, a determinar a natureza de uma vida. Não o cromossomo, que é irrelevante por incompreensível; a fotografia do cromossomo, já reorganizado para que dele tenhamos um sentido e uma explicação.

Três estranhos em silêncio. Não há o que abraçar.

Confirmado o diagnóstico, é preciso fazer uma avaliação de especialistas, preparar-se para a estimulação precoce que deve começar o quanto antes. Para se defender da perspectiva sombria desse trabalho insano e que ele, na sombra, imagina inútil, repete o chavão, sorrindo: A vida é uma corrida de obstáculos. Isso lhe dá uma espécie de sobrevida emocional: a piada e o sorriso. Obstáculos: uma palavra viva. Em voz alta, uma pedra girando na boca. Obstáculos, obstáculos, ele repete, para conferir se a palavra não perde a força.

É um livro que tem agora nas mãos, um objeto mais poderoso que a vida real, capaz de explicá-la, formatá-la, desenhá-la, explicá-la, subvertê-la e até mesmo substituí-la, às vezes com vantagens. Um livro de orientação familiar para pais com filhos mongoloides — a capa azul usa a palavra "mongolismo", um pouco menos pesada. E a autora tem o aval da ciência — uma especialista completa na área. O poder da ciência é respeitável. Abre-se uma outra vereda de salvação — não é preciso muita coisa para que o pai se entusiasme; com aquela criança no colo, o mundo começa de novo todas as manhãs e qualquer coisa é melhor do que nada, quando se tem um não filho nas mãos. Foi a mulher, entretanto, que procurou o livro, e lhe trouxe. Alguns telefonemas e eles anotaram a referência — iriam a São Paulo para uma consulta de avaliação. Imediatamente a fantasia recomeça a tomar conta de sua cabeça, um devaneio irracional que no entanto o acalma — a médica ficará absolutamente espantada com o potencial deste menino. Folheando o livro, anota a referência de Jean Piaget, e compra *O nascimento da inteligência na criança*, para ler direto na fonte e fazer ele mesmo os testes. (É uma forma, ele pensará muitos anos depois, de se antecipar e de se livrar do diagnóstico da autoridade; ele não quer ficar "no seu lugar", o de um pai obediente, ou, pior, de um aprendiz de pai. Não perderá nunca a sua substância arrogante.) Continua cabeceando — ainda não saiu da maternidade; ainda não tirou a criança de lá. Ele mesmo ainda não começou a viver — essa teia prendendo-lhe os gestos, esse futuro incerto, esse filho silencioso nas mãos. A inteligência é o único valor importante da vida, ele imagina — mais nada. É somente ela que determina o meu grau de humanidade, ele fantasia, dando voltas na alma para não dizer as coisas exatamente assim, esse anticristianismo explícito; ele apenas sente que elas são assim, e finge que não as aceita, mas não consegue se livrar desta regra e desta régua. Mas não se matam cavalos? — ele se lembra do livro de Horace McCoy, em busca de semelhanças, o que é ridículo. O desejo de exclusão na conta da piedade. Sim, não se matam cavalos?, repete, para sentir a extensão da verdade. Mas o contrapeso moral é tão avassalador que a pura ideia se esvazia. Capacidade de esquecer e começar de novo: eis a sua qualidade central, ele sonha. O pai ainda não sabe, mas começa a ter uma ideia de filho, a desenhar-lhe uma hipótese. Como se, ainda muito palidamente, a sombra da paternidade começasse enfim a cair sobre ele.

E começa aqui, também, a montar a armadilha de que será tão duro se livrar. O problema não é o filho; o problema é ele. Se o problema é o filho, ele, o pai, estará perdido, mas isso ele não sabe ainda. Vai começar a corrida de cavalos pelas regras dos outros. Na verdade — é preciso não mentir — pelas regras que ele mesmo aceitou. A ideia de transformação ainda não passa pela cabeça dele — apenas a condenação da essência.

Ele ainda imagina que continua a mesma pessoa, dia após dia; é como se arrastasse consigo o fantasma de si mesmo, cada vez mais pesado, mês a mês. Melhor largá-lo para trás, largar-se para trás, descolar-se como num truque de cinema e, levíssimo, recomeçar. Mas o que fazer com o filho nessa transformação libertadora? Ele pesa muito; é preciso arrastá-lo. Ou, pelo menos, saber afinal quem é o intruso.

São Paulo é uma cidade que lhe agrada muito — aquela combinação abstrata de linhas e formas infinitas quadriculando o mundo inteiro e fazendo dele uma obra tão brutalmente humana que não há fissura por onde a natureza possa entrar. Um mundo de cabeças se movendo; todos habitam um mapa, não um espaço. São ideias e projetos que se movem, não pessoas. Ele se sente em casa, ainda que na última camada da memória ressoe a maldição de seu guru da infância contra as megalópoles como o clímax do anti-humanismo e a derrota final do bom selvagem. O rio Tietê apodrece, os prédios sobem para o céu; o asfalto que nos separa da natureza é também o homem passado a limpo. Ou — ele imagina, sorrindo — eu gostaria de ficar de cócoras (volta-lhe a imagem clássica do Jeca Tatu de Monteiro Lobato) picando fumo acocorado no chão ou sentado num banquinho de três pernas para não complicar o equilíbrio? Os moderados diriam que progresso e natureza não são incompatíveis, mas é preciso alguma civilização entre uma coisa e outra, e no Brasil parece que não há tempo para nada, entre um projeto e outro há um mar de pessoas que vão sendo esmagadas no caminho — o país não dá para todos, paciência. Uma nação tão grande! Mas o que se pode fazer? Na avenida Paulista, lá vai ele com o seu pequeno problema no colo, ao lado da mulher, que leva a bolsa com a parafernália de objetos de sobrevivência de um bebê. A criança, insidiosamente, não incomoda quase nada. Crianças mongólicas dormem muito, são hipotônicas, lentas em tudo — como no teste das crianças do mundo das bruxas de Grimm, todos os dias ele esfrega o indicador na palma da mão do menino, que imediatamente fecha os dedos sobre ele, apertando-o, num reflexo que lhe parece normal. Talvez, ele sonha, a criança não tenha nada. Não será preciso levá-la ao forno — ele ri, sem coragem de fazer a brincadeira estúpida com a mulher.

O consultório médico devolve-lhe o senso da realidade mais dura. Está entre ricos, consulta paga, quadros de bom gosto nas paredes, estofados limpos, gente de primeira em torno, ar-condicionado, uma funcionária gentil e atenta, hora marcada, que, é claro, será a única falha — como uma misteriosa compensação para afirmar a autoridade absoluta, a ausência ofensiva de pontualidade médica é a regra universal da classe, uma espécie de código a distanciá-los da condição humana mais terrena e miúda; jamais ele viu alguém reclamar ao médico da pontualidade; no máximo, uma inquirição delicada à funcionária, mais um pedido temeroso de licença, uma curiosidade avulsa, as mãos para trás, a cabeça baixa, que propriamente uma reclamação. Ele se irrita consigo mesmo — o fato de que está atrás de uma razão para se irritar, e isso o coloca no rebanho de novo, gado em meio ao gado, cabeceando contra a cerca. A mulher, entretanto, parece tranquila. A criança, como sempre, também está tranquila. Se ele reclamar à mulher da pontualidade médica, ela imediatamente apresentará um motivo razoável para explicar o contratempo — um chamado de urgência; uma consulta encaixada na última hora; um engarrafamento do trânsito — o que, antes mesmo de ouvir a explicação, aumenta-lhe a irritação, o fato de que os médicos, essa classe que ele despreza, sempre têm razão. Talvez seja a bebida, a irritação. Estão hospedados num enorme apartamento na Brigadeiro Luís Antônio de uns amigos distantes, porém muito gentis, e ontem à noite ele bebeu mais do que devia, até tarde, conversando com um deles, um jovem alcoólatra. Ao final, o suspiro da madrugada, hora de dormir, ele se erguendo torto da poltrona — ele lembra disso agora, e a lembrança é como um choque elétrico, como havia esquecido? — o jovem, que jamais concluiria o segundo grau, lhe diz enrolando a língua: Você é tão inteligente, e não conseguiu nem fazer um filho direito. Ele ouve uma risada, que ainda faz eco.

Entra no consultório com aquele eco na cabeça, tentando entender o que ouviu até a última camada, mas são muitas camadas sobrepostas, agora que está diante da médica e sua assistente. São gentis e geladas, e ao estender o bebê sente profundamente que já está derrotado. Há mesmo uma régua de verdade para medir o filho; a ciência se faz com tabelas e sinais recorrentes, é claro, ou estaríamos na Idade Média, confiando em sinais misteriosos decodificados só pelas bruxas, sem remissão. Aqui também não há remissão, mas há um pressuposto de realidade, finalmente descolada de Deus, cuja hipótese não conta, ou voltaremos ao reino do acaso e do arbítrio, nas mãos dos sacerdotes e seus desígnios interessados. Aqui, não: o gelo da ciência é a sua garantia. E, a cada medição preliminar, o seu filho vai se reduzindo a ele mesmo, à sua implacável fôrma biológica, aos limites de seu DNA, à curta extensão dos poderes de seu código. O que estou fazendo aqui? Sou eu que preciso de avaliação, não a criança.

Não há novidade alguma, é claro. O diagnóstico é aquele que ele já sabia antes mesmo de olhar para a criança, e, como ela ainda não é ninguém, sonolenta e indiferente ao inferno em torno, a médica se dirige aos pais, repetindo tudo o que eles já sabem. A ciência não tem e não faz milagres. Ouvem uma prédica sobre as vantagens da estimulação precoce; alguns conselhos avulsos; o livro é autoexplicativo. Há questões psicológicas envolvidas que, vistas com atenção, podem aliviar o peso do filho. A mãe ouve com atenção redobrada cada palavra; o pai devaneia — tenta encontrar, nas frestas daquela fala séria e severa, do alto da autoridade, alguma coisa que lhe pareça realmente útil, mas não vê nada. A médica não conseguiu perceber na criança absolutamente nada particular, nenhuma qualidade especial que mereça nota. A médica não sorri. Ela é uma porta-voz impessoal da ciência, e tem a obrigação de dizer as coisas exatamente como elas são, e as coisas não são boas, porque não são normais e fogem de todas as medições-padrão em todos os aspectos: uma trissomia do cromossomo 21, que se manifesta, agressiva, em cada célula do bebê. É isso. Levem o seu pacote, ela parece dizer, quando enfim sorri o seu sorriso profissional. Dizer as coisas como elas são: não reclame, ele se vê pensando. Você quer ouvir uma mentira, e isso a médica não tem para dar. Você quer um gesto secreto de piedade, disfarçado pela mão da ciência, e isso também está em falta. Há séculos as funções da vida já se separaram todas, cada uma em sua especialidade. O que ela tem a dizer, além de descrever cientificamente a síndrome, é o que você pode fazer pela criança, mas não espere muito disso; no máximo você vai tornar as coisas suportáveis. Você não é nem o único, nem o último.

Na rua, ele finalmente acende um cigarro e dá uma tragada funda e saborosa, olhando para o alto, para aquele funil de prédios contra o céu azul.

Duas semanas depois, um recorte de jornal cai na mão deles — uma clínica do Rio de Janeiro oferece um programa completo de estimulação precoce para crianças com síndrome de Down (a notícia colocava entre parênteses a palavra "mongolismo"), aplicando técnicas tradicionalmente usadas para os afetados por lesão cerebral, o que é outra coisa. "Um programa completo" — depois da experiência insossa com a médica de São Paulo, a ideia lhe agrada. Sempre gostou de "cursos completos" — as coisas têm de ter um começo, um meio e um fim, como a vida, e de preferência nessa ordem. Nada pela metade — e enquanto acende um cigarro, relendo pela trigésima vez a notícia sucinta — pensa no filho pela metade. Dias difíceis: o bebê ainda não consegue sugar o seio da mãe, e é preciso continuar a engenharia com a corneta medieval de vidro para extrair dos peitos da mãe, do modo mais primitivo, aquele sumo de cor indefinível, afinal completado por leite de lata mesmo, de um tipo especial, o único que a criança aceita.

A primeira criança de um casamento é uma aporrinhação monumental — o intruso exige espaço e atenção, chora demais, não tem horário nem limites, praticamente nenhuma linguagem comum, não controla nada em seu corpo, que vive a borbulhar por conta própria, depende de uma quantidade enorme de objetos (do berço à mamadeira, do funil de plástico às fraldas, milhares delas) até então desconhecidos pelos pais, drena as economias, o tempo, a paciência, a tolerância, sofre males inexplicáveis e intraduzíveis, instaura em torno de si o terror da fragilidade e da ignorância, e afasta, quase que aos pontapés, o pai da mãe. E é uma criança — como todo recém-nascido — feia. É difícil imaginar que daquela coisa mal-amassada surja como que por encanto algum ser humano, só pela força do tempo. E no caso dele, ele pensa — e quando pensa acende outro cigarro —, a troco de nada. Para dizer as coisas claramente, ele conclui todos os dias: essa criança não lhe dará nada em troca. Sequer aquele prazer mesquinho, mas razoável, de mostrá-lo aos outros como um troféu, já antevendo secretas e inauditas qualidades no futuro daquele (que seria um) belo ser. Se eu escrever um livro sobre ele, ou para ele, o pai pensa, ele jamais conseguirá lê-lo.

"Um programa completo." Vira e revira o pedaço de jornal entre os dedos, enquanto a mãe, que descobriu o recorte, aguarda uma definição. Sempre foi ela que decidiu tudo, mas há ainda um teatro machista: ambos nasceram em 1952 e pagaram por um bom tempo o preço do tempo — ele mais do que ela. A maioria esmagadora dos homens sofre de retardo emocional, ele brinca, o que é um bom álibi para ficar onde está. Nesses primeiros dias — duros, angustiantes, mal-acabados, silenciosos — a sogra ajuda muito, o que o alivia. Aquele médico que deu uma aula para pais na maternidade tinha razão, ele concede. Ele quer ficar longe da criança tanto quanto possa. De manhã vai à chatice das aulas de letras — sente a estupidez da própria agressividade, que consegue conter quase sempre. Precisa do diploma para sobreviver — algum dia ainda vai sobreviver do que faz, ele sonha. À tarde, escreve mais uma ou duas páginas, e avança no livro como quem escapa do mundo por um túnel secreto. À noite, sai — vai aos botecos beber cerveja e conversar, quase nunca sobre o filho. Quando perguntam, ele responde com um "tudo bem" e um sorriso desarmante, ao qual se segue uma contrapergunta que mudará o rumo da conversa. O mundo está em outra parte, não com ele.

Caminhando pela cidade, numa súbita manhã vive a estranheza de seus passos, ressoando num silêncio absurdo em meio à multidão dos estranhos; volta-lhe aquela percepção dura, implacável, de que ele não é mais a mesma pessoa, de que agora passou em definitivo para um outro lado, ainda desconhecido, de que absolutamente nada tem retorno e ele está condenado à escravidão deste momento presente que não termina nunca e que ele não domina. É uma rua familiar, nesse centro de cidade — anos atrás, ele lembra, andava de madrugada, bebendo no gargalo, com dois ou três amigos. Um mundo tão inocente que, em plena rua de bancos e financeiras, desatarraxaram da parede uma imensa placa comercial de vidro e levaram-na como quem carrega mobília, quadras e quadras, até espatifá-la no meio do asfalto, arremessando-a para cima num grito primal de guerra — o segundo em que os cacos se partiam reverberava em sua cabeça dopada e as luzes mortiças ganhavam vida num eco sobrenatural. Curitiba era uma cidade fantasma, e ele, aos 15 anos, imaginava-se dono dos próprios passos.

Em outra madrugada inesquecível, assaltou uma vitrine de livros com uma pequena barra de ferro. Ele e o amigo, num banco da praça Generoso Marques, conferiam o butim: 22 volumes, alguns repetidos. O azar: eram obras de não ficção. Só levou dois para casa, porque teria de explicar aquilo, se perguntassem, e sempre mentiu mal em voz alta. Mas leu os livros, para justificar o crime. Um sobre os males do império norte-americano, uma águia agressiva na capa. Outro sobre as vantagens do mundo do socialismo, o título em vermelho. Dois dias depois sai uma nota do assalto no jornal, e ele conta a façanha ao amigo ator no colégio, mostrando-lhe orgulhoso o recorte. Tetracloroetileno, ele lembrou, como uma cabala — umas cápsulas que tinham essa substância e que ele furava com um alfinete e cheirava no lenço. Comprava o remédio na farmácia, levando o nome no papel, para dar credibilidade ao pedido. Talvez tenha sido a única transcendência de sua vida, aquele transporte físico para lugar nenhum, uma pequena montanha-russa sensorial. Dessa eu escapei, ele relembra agora, mas não exatamente com alívio — ficou apenas esse chão, onde estou, esse exato tamanho, nenhuma aura a mais. Como quem desaba, não como quem acorda. Ninguém acorda, ele pensa agora, atravessando a praça Osório nesta manhã de sol. Apenas desabamos. Há de novo aquele sentimento de vazio que ele quer preencher com algo que está muito próximo dos olhos e da alma, e que seria uma chave, como alguém que, enfim, abre uma porta difícil — ele diminui os passos, um menino lhe pede esmola e ele o ignora, avançando para o calçadão. Talvez — ele pensa — agora mergulhado na sensação de não retorno, a memória inútil lhe devolvendo imagens de anos e anos atrás, como se elas dissessem algo, ou tivessem algo urgente a dizer, algum sentido secreto em busca de decifração, mas não têm, são só pequenos fantasmas do tempo, fragmentos de nada, e finalmente, parece, ele está no outro lado agora, como quem absorve o inevitável, sem resistência: não há retorno. Agora é com você. Sente aquele ridículo espasmo na garganta, o corpo exigindo o choro e ele se negando esse direito. Ele para no meio da rua, o sentimento de vergonha, o dia está claro demais — alguém percebeu que ele está chorando, e isso lhe dói. Dá meia-volta, pega outra rua, e outra, mas todas não levam a lugar nenhum.

Em 1981, o Rio de Janeiro continua lindo. Sente de novo o impacto da amplidão dos espaços que se abrem para o mar e a delicadeza dos recortes contra o céu azul, uma memória de seus tempos de quase marinheiro. Antes de ir à clínica, pega um táxi com a mulher e o filho de três meses e vão ao bairro da Urca, visitar o velho amigo ator, agora trabalhando no Rio em teatro e televisão. O namorado do amigo — quase uma criança — atende a porta, gentil. Ele sente uma outra estranheza, um mundo sob outro mundo, em camadas. Levou um susto, como alguém já definitivamente de um outro tempo. Todas as pessoas — ele pensa olhando o mar no belo caminho de volta, a criança no colo — estão no limite, permanentemente no limite de si mesmas; e no entanto do outro lado está apenas o tempo. Um passo em frente é o tempo que ele leva. Fecha os olhos e refugia-se no tempo: nada do que não foi poderia ter sido, e novamente se irrita. Não pode ser apenas isso. Mas é um bom álibi, uma espécie de repouso: relaxe; o tempo está escorrendo. O tempo não pode fazer nada contra você, ele pensa, além de envelhecê-lo, e a essa altura isso é muito bom. "Envelheçam", aconselhava Nelson Rodrigues aos jovens, e ele sorriu com a lembrança.

Em janeiro de 1972 ele e o amigo participaram de um festival de teatro em Caruaru, Pernambuco, e voltaram os dois de carona, mochila nas costas, dedão na estrada, atravessando o Brasil a pé. Em Salvador, dormiram ao ar livre, nas areias da mítica Itapuã. À saída da cidade, caminharam por um longo trecho de acostamento em obras, em busca do que parecia um bom ponto de espera, um posto de gasolina adiante; operários intrigados diante daquelas duas figuras cabeludas, e malvestidas de uma forma diferente, perguntaram o que eles faziam na vida. "Teatro", respondeu o amigo. "O que é teatro?", insistiu um deles, sinceramente curioso. "Uma espécie de circo", ele respondeu, depois de gaguejar um pouco, confuso. Sentiu-se mal — uma estranheza bruta entre dois mundos. Como alguém pode não saber o que é "teatro"? — foi a pergunta idiota que ele se fez. Num outro momento da longa viagem, queimaram os últimos trocados comprando um queijo mineiro na beira da estrada, previsto para durar muito. Pouco depois, anoitecendo, subiram na carroceria vazia de um caminhão que parou para eles e que os levaria até Macaé, já no Rio de Janeiro. Mais adiante, noite alta, o caminhão parou de novo, e começou a subir uma família inteira de retirantes. Aquilo parecia não ter fim — o homem, a mulher, o tio, a tia, o avô, o sagui no ombro de uma criança, outra criança, uma menina, dois primos, um bebê, mais um homem, algumas ferramentas, enxadas e foices, outra mulher, grávida, um cachorrinho magro numa coleira estropiada, sacolas rotas, mais uma velha, de modo que os dois atores — todos, homens e bichos, fediam naquele caminhão — foram recuando até se ajeitarem de costas contra a cabine, mal ocultando o queijo que compraram. A proximidade física inquietava. Os retirantes pareciam olhar para eles no escuro, a noite súbito aberta por uma lua cheia de calendário, tão perfeita para desenhar aquele painel de Portinari que parecia falsa como um recorte de cartolina num céu pintado. Ele contemplava a gravura viva açoitada pelo vento. Os retirantes quase não falavam — às vezes cochichavam alguma coisa, segurando-se como podiam uns aos outros enquanto o caminhão avançava veloz. Enfim era hora de comer o queijo, e eles ofereceram a partilha, apenas um gesto — de algum lugar no mesmo instante apareceu um canivete, e as fatias foram sendo cortadas e distribuídas num silêncio religioso, a veneração agradecida de quem recebe a hóstia. Ele relembra que gostaria de saber as horas, mas sentiu vergonha de tirar o seu relógio de bolso, preso na cintura da calça surrada a uma correntinha de prata, o toque dândi do candidato a escritor.

A clínica fica num morro, rodeada de verde — anos depois ele ainda lembrará nitidamente aquele prédio de linhas azuis, imponente como um colégio velho, a ansiedade com que se aproximou, a sua permanente ansiedade diante de situações novas e dos perigos de perder, ou apenas arranhar, sua autoestima. Talvez seja isso — mas ele luta contra a ideia —, o fato de que o seu filho quebrou-lhe a espinha, tão cuidadosamente empinada. Por acaso. Tudo poderia ter sido de outra forma, mas o tempo é irredimível. O acaso e o não acaso que me trouxeram aqui, ele pensa, enquanto espera ser atendido. O acaso está no colo da mãe; nós, que já fomos acaso, estamos aqui por escolha. Um programa completo, ele relembra — isso pode nos distrair. Mais uma vez na antessala dos hospitais, das clínicas, das enfermarias, da sombra das doenças e da morte, da assepsia dos corredores. A espinha quebrada, ele repensa. A pobreza em torno: deficiência é coisa de pobres, molambentos, miseráveis, retirantes, necessitados, na face aquela exigência crispada de alguma justiça e ao mesmo tempo os olhos que se abaixam a tempo antes que a borduna arrebente-lhes a cabeça, mendigos rastejando nas esquinas, ecos de uma pobreza imortal, de cócoras, reverberando pelos séculos a vergonha de estar vivo. E no entanto aqui estou eu, com meu pequeno leproso no colo, para a delícia imaginária de alguma madre superiora a assomar no átrio do hospital em seu único momento de real felicidade, a vida inteira a se punir, o cilício na alma, mas é preciso que ela leve alguém junto para o fogo daquele inferno particular, e a madre superiora sorri, toda de negro na sua pequena morte cotidiana, o falso sorriso, as unhas avançam para o suave carinho na cabeça do bebê, que, incauto, dorme.

Ele sacode a cabeça: eu estou enlouquecendo. O nome disso é ressentimento, ele se policia. A jovem que os atende é gentil e determinada: não se antecipe, ele se diz. Ela repete um bordão, que ele mal ouve: os pais não são o problema; os pais são a solução. Ele preferia não estar ali. Ele preferia estar em casa, fumando um cigarro e escrevendo o seu livro, que fala de outras coisas, muito mais importantes do que esse pragmatismo que, para onde quer que olhe, se deixa envolver não por um sentimento de humanidade, mas de religião, essa pequena e pegajosa transcendência dos dias. É um programa coletivo — depois da avaliação individual, terão um roteiro completo, uma aula, um sistema, uma grade orientação. Sobem uma escada e avançam por um corredor. Sim, é coisa de pobres porque no mundo há infinitamente mais pobres do que ricos, ele retoma o fio, e portanto tudo que é pobre é escancaradamente visível, está em toda parte de mão estendida. Não é uma maldição; é pura estatística. Governos inteiros se fazem por estas mãos estendidas e por mais nada.

Mais alguns passos e ele para diante de uma porta aberta que dá para um salão onde vê a sua mais inesquecível imagem — não consegue conter o choque, e, lá na última camada da alma, a certeza de que até o fim dos tempos será esse o seu mundo, e não outro. São dezenas de pessoas, crianças, jovens, adultos — todos irremediavelmente lesados, um pátio dos milagres de deformações, braços que não obedecem, bocas que se abrem e não se fecham, olhos incapazes, ríctus de desejos exasperantes que o gesto não consegue cumprir, dedos espalmados, sempre a meio caminho; e, em tudo, como que a sombra de um universo duplo esmagado por um intransponível instante presente. Estão em lugar nenhum. O espaço é o chão, e o tempo, um luxo inacessível. E o que fazem? Todos rastejam — mas aqui o rastejar é, na prática, o verdadeiro caminho da cura, o exercício primeiro que há de devolver ao lesado o seu poder — ou alguma parte dele — sobre a própria carne. Mas não basta isso: colocar o corpo no chão para que ele redescubra o desenho de seu sistema nervoso e recupere algo do que perdeu. O desvario de uma utopia: reencontrar o fio da espécie que saiu das águas para rastejar na terra — a espinha humana conserva essa memória, eles dizem, e é preciso acordá-la. A caverna de Platão no reino da neurologia. Há um adendo tosco que torna a cena mais dantesca: todos eles trazem no rosto uma máscara rudimentar de plástico que lhes cobre o nariz e a boca, para que eles respirem mal, e a ideia é exatamente esta: com o oxigênio momentaneamente escasso, os pulmões fazem um esforço extra, uma ginástica sobre-humana na luta por recuperar o que lhes falta, o ar — e as mãos, enfim, conseguem chegar à máscara para arrancá-la, o ar renovado brutalmente oxigena o cérebro em dose dupla, mas por pouco tempo; e em seguida a máscara é colocada de volta, para uma nova sequência. É simples: crie problemas, para que eles se salvem. O pai não consegue tirar os olhos daquele purgatório em que absolutamente tudo está fora da norma, em que todos os gestos contrariam — uma espécie de ausência coletiva, um mundo paralelo, quando todos os afetados, lesados, deficientes, trissômicos, são colocados lado a lado na mesma corrida sem fim em direção a lugar nenhum. Ele ainda não tem noção das diferenças: o conjunto é a diferença. A brutalidade: a guerra talvez seja pior, ele sonha, despencando do alto de sua delicadeza, o pé na porta deste mundo torto, agora sim, realmente torto — anjos tortos, dos que nascem, vivem e morrem na sombra.

E então, finalmente, os olhos se deslocam do chão para o alto, e lá estão as mulheres — apenas mulheres — que fazem aquela máquina girar. Há mães, tias, avós, empregadas domésticas, ele calcula, percorrendo os rostos, que trazem seus lesados para as horas de fisioterapia. São fisionomias a um tempo pacientes e tensas — ele apreendeu ali, pela primeira vez, a síndrome dos pais com filho lesado: essa marca no rosto, uma camada subcutânea de tensão, o olhar agudo, aflito e incompleto, sempre com a sombra de uma justificativa na ponta da língua, que às vezes (no início) se derrama num desespero rapidamente controlado, porque a civilização é poderosa. Não podemos agarrar as pessoas para sacudi-las com força, para que nos olhem. Depois, pouco a pouco, assimila-se a consciência discreta de quem está definitivamente do lado de fora da vida, e o resto se resolve em detalhes práticos — o mundo tem só dez metros de diâmetro. É aqui que nos movemos.

A mulher tira-o daquela porta com delicadeza.

— Vamos. É no fim do corredor.

Ele afasta os olhos do salão, a custo, e agora seguem a moça para fazer a avaliação. Eu já vi esse filme, ele pensa — mas não aquele no salão. Ainda não acordou da cena. O impacto dessa realidade, a estética do horror. Isso pode ser normalizado? Isto é, as pessoas imprevistas podem fazer parte da vida normal? Ele é alguém delicado demais, ou ignorante demais, ou demasiado estúpido, ou irremediavelmente imaturo para a realidade simples. O primeiro pensamento é mesquinho: o caso do meu filho é diferente; ele não tem lesão cerebral; ele é vítima de uma síndrome genética. Ele não precisará se arrastar para mover o braço. Por trás desta vantagem, está o critério estético: crianças trissômicas parecem pequenos adultos, miniaturas humanas, como anões de circo. Elas não agridem os olhos tanto quanto as crianças lesadas. Com um bom trabalho, elas podem ser absorvidas pelo sistema, ele imagina. Mas que trabalho? Deixá-las o mais possível parecidas com seres humanos — todos ficarão felizes. Esse pequeno degrau de superioridade foi o seu breve refúgio quando entrou na sala para a primeira avaliação. Fazem perguntas, preenchem uma ficha, conferem a criança — peso, tamanho, reflexos, características. O de sempre. Mas há um clima ali de atividade quase frenética, que os contagia. Um empreendimento coletivo, e ele sente uma animação no ar, um otimismo mais ou menos visível, uma empatia nos rostos. Pela primeira vez, sente que seu filho é um indivíduo, o que o surpreende, como se mentissem. Mas o atendimento não é individual — são datas marcadas em que a clínica atende grupos de interessados no programa. Paga-se um bom preço, mas há obviamente subsídios aos mais pobres — basta olhar em torno. Começa-se pelo fichamento caso a caso, depois palestras, depois a elaboração dos programas de tratamento, desenhados para cada necessidade. Sim, um programa completo: em algum ponto de sua cabeça de relojoeiro aloja-se uma semente de salvação. Não é ainda a imagem do filho, que enfim começasse a se tornar alguém na sua vida, com quem ele interagisse; é apenas a ideia lúdica de um jogo, uma engenhosa máquina de estímulos que, bem jogada, colocaria deste lado do túnel uma criança-problema e receberia do outro lado uma criança como as outras. Ele evita ainda a palavra "normal", mas essa ideia passa a ser — ou já é — o combustível daquela clínica. Ele não sabe ainda, mas já está definitivamente tomado pelo projeto — como uma criança adulta que recebe uma complexa caixa de montar a máquina do moto-perpétuo e fica obcecada pela ideia de realizá-la em todos os detalhes. Ainda não existe um filho na sua vida; existe só um problema a ser resolvido, e agora lhe deram um mapa interessantíssimo, quase um manual de instruções. Por trás desse pequeno milagre, começa a aparecer um detalhe sutil sobre o qual ele não pensou ainda: motivação.

A cabeça ainda resiste, puxa-o para trás aqui e ali: isso é puro behaviorismo, ele cochicha à mulher, na primeira palestra — isto é, numa definição de dicionário, escola científica para a qual todo comportamento pode ser explicado como uma reação motora ou glandular condicionada, um princípio que modernamente acabou por cair na caixa sem saída do positivismo. *Grosso modo*, a compreensão da vida como uma pura mecânica de reflexos, a funcionar em todos os aspectos da atividade humana, da leitura de um texto à reação de dor a uma topada. Máquinas de reagir — e, nesse processo, não se distingue o mundo da cultura do mundo da natureza. Há mesmo uma simplicidade doutrinária nas palestras — a ideia de "doutrina" é mais ou menos visível. Aquela clínica, parece, empreende uma guerra e se vê como "revolucionária". O escritor gosta disso: parece que os momentos da sua vida inteira, da recusa adolescente ao "sistema", passando pela experiência do teatro comunitário, até as concepções políticas legais e ilegais que transbordam da longa e burocrática ditadura militar brasileira, criaram bolsas de redenção revolucionária, utopias avulsas e desencontradas, a pipocar aqui e ali em direção a um mundo definitivamente melhor. Isso contagia. Assim como o impacto de ouvir a preleção do próprio diretor da clínica, um homem imenso alojado numa cadeira de rodas que ele manobra com agilidade e energia, os braços fortes e calejados (deve ter passado por aquele programa de rastejar no salão coletivo, anos e anos a fio, o pai imagina), a voz tonitruante, algo tensa, de uma autoridade quase bruta, sem humor — o que leva o pai a cochichar para a mulher, como quem procura um alívio da tensão: "Acho que vou escrever um conto: 'O incrível doutor Strangelove e suas crianças excepcionais'." A autoridade, entretanto, é respeitável: o homem da cadeira de rodas é ele próprio conquista do método que apregoa, como o mágico que no palco se oferece para ser dividido em dois. Tetraplégico, comanda aquela máquina com sua voz de ferro e com os poucos dedos que, a custo, respondem ao seu comando neurológico apertando botões. Num momento da palestra, deixa nítido o fato de que o trabalho da clínica é alvo de críticas e vive a tensão doutrinária de sua linha: "Nos acusam de criar macaquinhos com reflexos condicionados. Se for mesmo assim, por que não? Qual a opção?" Sim, todos queremos crianças bem-educadas, com padrões de comportamento que não agridam os olhos ou a alma. Crianças que não provoquem olhares alheios suspeitos em nossa direção, contra os pais, em última instância os responsáveis pelos seres errados. O pai, de início desconfiado, como sempre — há alguma coisa que ele suspeita "não científica" na atmosfera, um "forçar a barra", uma discreta falsificação da realidade, e, no entanto, eles convencem — o pai vai pouco a pouco se entregando aos detalhes do programa, que será sempre melhor do que nada, ou pelo menos muito melhor que aqueles estímulos avulsos e erráticos de que lhe falaram no primeiro momento: ninguém sabe o que fazer, parece. Aqui, eles têm certeza. Isso momentaneamente tranquiliza quem ouve.

O ponto de partida — o pai tenta entender — é a aposta de que um tratamento desenhado originalmente para casos de lesão cerebral pode ser perfeitamente utilizado para casos de trissomia do cromossomo 21, mongolismo. Algum tempo depois, abrindo um dos livros vendidos pela clínica, ele lerá a afirmação absurda de que a causa principal do mongolismo é uma lesão cerebral pré-natal, determinada, principalmente, por má nutrição; a anormalidade cromossômica se deveria à lesão cerebral, e não o contrário. Era preciso a qualquer preço adaptar a realidade à teoria. A clínica, entretanto, não repete essa tolice, nem enfatiza nada teórico — apenas sublinha a todo instante a importância dos pais — "eles são a solução, não o problema" — e alguns *slogans* mecanicistas àquela altura inofensivos, como "a função determina a estrutura", o que, a ser verdade, seria uma espécie de triunfo de Lamarck sobre Darwin. Não importa. Um programa completo: ele folheia as páginas mimeografadas com a sequência diária — na verdade, horária — de exercícios com os quais eles se ocuparão nos próximos anos com o entusiasmo do turista diante de um folheto de viagem. Eles vão de sala em sala, ouvindo as preleções e vendo as demonstrações. O pai começa a se sentir melhor. Na verdade, começa a ser tomado pela ideia de normalidade. É uma corrida, ele pensa prosaicamente, entrando de cabeça no lugar-comum em que se encontra: é uma corrida e nós saímos lá de trás, mas, com um bom trabalho, o menino vai alcançar os outros.

Interessa-lhe principalmente a parte que eles chamam de "organização neurológica" — o exercício de fazer braços, pernas e cabeças repetir os movimentos-padrão da normalidade neurológica humana. Ele se abstrai do que está vendo e imagina aquilo como a construção do humano, uma construção mecânica, mas eficiente; ele na verdade se entrega ao sonho. Talvez eles tenham mesmo razão, e o homem seja essa máquina em estado puro — é preciso limpar a vida de suas vicissitudes e de seus acessórios inúteis e chegar a essa essência, a essa natação imaginária, a seco, que ele vê sendo demonstrada numa mesa à frente, em que alguém, à cabeceira, move a cabeça da criança cadenciadamente de um lado a outro, e em cada lado uma enfermeira move braços e pernas da criança seguindo o mesmo ritmo cruzado natural de um ser humano andando. É uma linha de produção, ele imagina, vagamente lembrando do admirável mundo novo de Aldous Huxley — em que esse problema não existiria porque a organização genética do mundo e da vida eliminaria as imperfeições do acaso. Segundo a clínica, pela deficiência da criança (genética ou adquirida por lesão cerebral, não importa), esse padrão inato de movimentos cruzados de braços e pernas está afetado, e com isso todo o resto funciona mal; se reforçamos esse ponto de origem — as primeiras salamandras saindo do mar para a terra, milhões de anos atrás, ele sonha e divaga, ouvindo a preleção —, reforçamos por extensão todos os outros problemas; na verdade, nós os recuperamos. Se é loucura, tem um método. Por mais absurdo — ou inútil, como às vezes lhe dirão anos depois — é sempre um modo de ele tocar fisicamente o seu filho, fazer dele uma extensão sensorial e afetiva sua, fundar uma cumplicidade por osmose que ele, naquele primeiro momento, jamais imaginaria possível, ainda cabeceando para sair da jaula mental.

Ele divaga, criando ele mesmo uma síndrome que cada vez será mais intensa na sua vida — a crescente incapacidade de concentração para ouvir alguém mais demoradamente: as pessoas deveriam falar por escrito, ele sonha. Apenas seis anos atrás estava na biblioteca da Universidade de Coimbra, em Portugal, lendo *O homem revoltado*, de Albert Camus, e *A origem da tragédia*, de Nietzsche. Ele calcula o mês, olhando o teto, lâmpadas de luz fria: sim, foi nessa mesma época. Os anos de formação, ele imagina, antecipando rapidamente a própria velhice. Se tivesse o poder de pensar com frieza, diria que nem nasceu ainda, a sensação de atraso perpétuo. Um ano na Europa, com pouquíssimo dinheiro e muita leitura. Lembra como entrava nos supermercados com o seu casacão imenso e voltava de lá com os bolsos cheios de latas de atum e sardinha, que estocava no armário da pensão. Bastaria comprar o pão e estava alimentado. Um marginal: uma legítima vocação de marginal, e ele deu uma gargalhada imaginária, como se relatasse a técnica dos furtos a uma roda de amigos, entre cervejas e gargalhadas.

Quem sabe hoje ele tirasse do bolso uma explicação política: uma ditadura militar, por si só, é a derrota da lei — os anos 1970 foram universalmente marcados pela ideia da corrosão legal. Vamos encurtar caminho de uma vez, diziam todos, à esquerda e à direita. Antes, se Deus não existisse, tudo era permitido; como Deus já é carta fora do baralho, agora tudo é permitido se o Estado é criminoso. Ao lado do pai do Felipe, que sonha, pais e mães ouvem atentamente a preleção sobre o padrão cruzado e o amadurecimento neurológico. Em 1975 dormia de dia e reservava a noite, madrugada adentro, até amanhecer, para ler e escrever, naquele sótão de Raskolnikoff — se levantasse súbito daria com a cabeça na viga do telhado. Rua Afonso Henriques, ele lembrou, no alto de Coimbra. Lá escreveu o seu poema-síntese, Rousseau e Marx na cabeça, Freud mais ou menos inútil no bolso do colete, o paraíso no horizonte: "Todas as forças estão reunidas para que o dia amanheça." Uma vez saiu com um amigo do Partido Comunista para pintar foices e martelos nos postes da cidade, como poderia ter sido para jogar sinuca, beber vinho ou jogar pedra nas águas do Mondego enquanto conversavam sobre literatura, noite adentro. Ele era bom nisso, em pintura, lembrou. A foice e o martelo saíam perfeitos de dois movimentos rápidos de pincel — Portugal quase em chamas, ele fantasiou. Um governo provisório atrás do outro — parece que estamos a um passo da Revolução Final, o paraíso instaurado. (Ele seria o quê? O primeiro dissidente? O primeiro fuzilado? O porteiro de algum gulag? Nosso Homem no Diretório Acadêmico? Ou, o mais provável, uma figura anônima e assustada tentando sobreviver nas sombras?) Ouviram discursos na sede do partido em Coimbra. Álvaro Cunhal, a mítica figura, lançava seus desenhos da prisão, bicos de pena realistas cujas cópias eram vendidas para angariar fundos à grande causa. Um certo clima de 1917 no ar, rumo à estação Finlândia. Num texto, Cunhal explicava que "passaporte", para os russos, era o mesmo que "carteira de identidade" para nós, portugueses, e por isso se exigia passaporte para ir de um lado a outro na União Soviética, mas cá a direita fascista quer nos fazer crer que lá não há direito de ir e vir. Não passarão!

Lembra de ter participado de uma passeata de bandeiras vermelhas naquelas ruas estreitas da Idade Média portuguesa. Sim, uma Idade Média ainda viva. A língua portuguesa foi a única língua românica que aceitou a ordem papal de mudar os dias da semana, da nomenclatura pagã dos romanos para o seriado insosso da nossa vida: segunda-feira, terça-feira... Um povo obediente, capaz de trocar, por um simples decreto, o nome de seus próprios dias. E ele ali, carregando uma bandeira ridícula, o comunista acidental, como Chaplin virando a esquina. Saiu de lá antes do fim, sem ouvir os discursos todos que tonitruavam da janela de um quartel, largando a bandeira na mão de alguém — seria bom se eles pagassem alguma coisa aos trabalhadores da luta revolucionária, lamentou. Perambulando no centro, achou uma livraria fantástica, uma caverna escura e irregular empilhada de livros em toda parte, um espaço de ratos de biblioteca, de fuçadores de páginas, de amantes da literatura. No fundo de um dos buracos daquele labirinto, suando frio e vigiando em torno, enfiou no bolso do casaco uma bela edição da Penguin Books de contos de Hemingway, que afinal, como ele — e ele sentia um fio de emoção, a sensação de que, de algum modo, está participando ativamente da História Humana —, também foi um turista revolucionário, contra o mesmo Franco que, como os vilões míticos e imortais das fantasias de Tolkien, ainda agonizava de terço na mão, no país vizinho, caudilho de Espanha com a graça de Deus.

Por que lembrava disso tão nitidamente, justo agora? A médica explicava as etapas da evolução neurológica, um quadro colorido e atraente lá adiante — fase do bulbo raquiano (reflexo de preensão, reflexo fotomotor...), ponte de Varólio (rastejar de bruços, choro vital, percepção de contorno...), mesencéfalo (preensão voluntária...), córtice inicial (oposição cortical em uma das mãos...) — e ele quase se entrega à autopiedade, desenhando um quadro em que ele, bom menino, ao finalmente normalizar sua vida (uma mulher, um salário, estudos regulares, um futuro, livros, enfim), recebe de Deus um filho errado, não para salvá-lo, mas para mantê-lo escravo, que é o seu lugar. Mais um dos testes medonhos do Velho Testamento, em que um deus sádico extrai de suas vítimas até a última gota de alma, para que ele definitivamente não seja nada, apenas uma sombra da sombra de um poder maior. Por quê? Por nada, porque voltaremos ao pó. Seria bom se fosse simples assim, ele suspira: uma explicação, qualquer uma. O problema é justamente o contrário: não há explicação alguma. Você está aqui por uma soma errática de acasos e de escolhas, Deus não é minimamente uma variável a considerar, nada se dirige necessariamente a coisa alguma, você vive soterrado pelo instante presente, e a presença do Tempo — essa voracidade absurda — é irredimível, como queria o poeta. Vire-se. É a sua vez de jogar. Há um silêncio completo à sua volta.

Reflexo condicionado é o do pai — a todo instante que se lembra, estende o dedo para que o filho ali se agarre, sem pensar. Nenhum dos dois pensa, ele fantasia, colocando o filho no chão da sala e olhando para ele. A criança parece sentir o peso da própria cabeça, tentando erguê-la e mantê-la firme. Não é fácil. É preciso deixá-lo ali, e se o filho conseguir se virar de costas, para o merecido repouso, olhando o teto, é preciso desvirá-lo, e recomeça a luta de sustentar a cabeça. Uma crueldade medida, parece. Mas não; a criança não reclama. Novamente de face para o chão, ela levanta a cabeça e move os braços apenas como quem recomeça um trabalho.

Ainda não é exatamente um filho. O pai não sabe disso, mas o que ele quer é que aquela criança trissômica conquiste o papel de filho. A natureza é só uma parte da equação. À noite, no bar, o pai se transfigura sob a cerveja e o cigarro, num otimismo romanesco. Decorou a sequência do amadurecimento neurológico, que passa a ter para ele o caráter de uma fórmula matemática — o túnel da linha de produção —, e explica didaticamente, a quem quiser ouvir, como em pouco tempo, talvez dois ou três anos, o seu filho será uma criança normal. Fala com a mesma compulsão obsessiva com que, às vezes, volta a descrever aspectos da perfeição do jogo de xadrez, em que foi viciado num curto período da adolescência, até que dele se livrasse para sempre depois de uma incontrolável crise de choro diante de uma derrota. É claro — ele explica, sentindo a falta de um quadro-negro, naquela zorra do bar, para melhor eficiência da explicação — que você tem de recuperar o atraso neurológico, por meio de sobre-estímulos. Ora, se a criança normal precisa ouvir apenas dois ou três sons agudos para dominar a reação instintiva a esse som, uma criança deficiente precisará ouvi-lo trezentas vezes até que a natureza recupere o que perdeu. Pois até comprei uma flauta doce, ele confessa em tom de quase ameaça, e passo o dia tirando umas notinhas perto do Felipe. Os sons agudos, percebe? — e ele abre outra cerveja. Veja aquele sujeito andando ali — confira a relação de movimentos entre pernas e braços. Parece simples. Pois na criança mongólica você precisa implantar esse padrão de movimentos, para despertá-la da névoa neurológica. É preciso compensar a falta da natureza; consertar o defeito de origem.

Várias vezes por dia, em sessões de cinco minutos, a criança é colocada sobre a mesa da sala, de bruços. De um lado, ele; de outro, a mulher; segurando a cabeça, a empregada, uma moça tímida, silenciosa, que agora vem todos os dias. Três figuras graves numa mesa de operação. De bruços, a face diante da mão direita, que avança ao mesmo tempo em que a perna esquerda também avança; braço esquerdo e perna direita fazem o movimento simétrico de lagarto, sob o comando das mãos adultas, que são os fios da marionete, quando a cabeça é voltada para o outro lado. Há uma cadência nisso — um, dois, feijão com arroz, três, quatro, feijão no prato — a mesma dos passos humanos; uma rede tentacular do sistema neurológico há de estabelecer dominância cerebral e tudo que dela decorre, ele sonha. No programa, é fundamental reforçar a dominância cerebral, isto é, marcar um dos lados do cérebro como o dominante. Os três se movem como autômatos, naquelas curtas sessões de cinco minutos quase que de hora em hora, quando ele interrompe o livro que escreve — apareceu um bebê no seu livro, o menino Jesus, filho de um burguês vampiro, picareta de imóveis, que em 1970 faz discursos edificantes sobre o bem, a moral e os bons costumes, enquanto suga literalmente o sangue da aorta de mulheres jovens e indefesas — e vai para a linha de produção de seu próprio filho. O seu personagem sempre tem o cuidado de proteger os furos dos caninos no pescoço das vítimas, que desmaiam, com delicados bandeides. O escritor fecha os olhos: talvez seja a criança que, do seu silêncio, esteja comandando os gestos cadenciados, quase militares, dos três adultos em torno dela, e o pai lembra a piada dos pombos que adestram os humanos — e sorri.

Em 1975 estava na Alemanha como imigrante ilegal. Pediu dinheiro emprestado para a passagem de trem Coimbra-Frankfurt e desembarcou na Hauptbahnhof com algumas moedas no bolso, um endereço num papel e o esboço de um mapa das ruas. Era perto dali — poderia ir andando. Atravessou a bela ponte sobre o Main com a mochila nas costas, tentando vencer o pânico que começava a lhe tomar conta da alma. Não conseguia viver completamente o papel juvenil de um Marco Polo descobrindo o mundo, que desenhara para si mesmo. A mítica Alemanha dos livros que leu — Goethe, Thomas Mann, Günter Grass: ele estava ali, pisando aquele solo. Mas havia o medo, onipresente. Se não encontrasse trabalho, o que faria? Era incapaz de dizer uma só palavra em alemão. Chegou enfim ao prédio imenso do Hospital das Clínicas — a interminável sequência de letras na fachada lhe sugeria isso, aos pedaços — e foi direto ao subsolo, seguindo as instruções. Deveria procurar um certo *Herr* Pinheiro. *Herr* Pinheiro era um simpático argelino que falava todas as línguas do mundo. O medo agora dava espaço para uma euforia crescente — mal terminou de indagar e já foi conduzido a um vestiário, onde recebeu um uniforme todo branco e um armário para guardar suas coisas. Sete marcos a hora, a proposta. Nem precisou dizer sim — sorriu. Euforia. Dominância cerebral, ele pensava, como um mantra, cadenciando os gestos do filho sobre a mesa. Um escravo do antigo Egito, levado às gargalhadas para remar o barco dezoito horas por dia na escuridão do porão — e ele riu com a imagem — só pela satisfação de continuar vivo, aguentar a arquitetura daqueles ossos em pé, nem que seja por um único dia a mais. Tão estúpido que veste o uniforme sobre a calça e a camisa, e sai dali um repolho ridículo, até que no corredor uma mulher sorridente, falando uma língua impossível, explica em gestos bruscos, mas maternais, que ele deve antes tirar a roupa para só então colocar o uniforme. Finalmente adequado, entra na gigantesca lavanderia do hospital. Tempos modernos, ele lembra, estetizando a vida — Chaplin na linha de produção. Como se sente escritor, vive equilibrado no próprio salvo-conduto, o álibi de sua arte ainda imaginária, o eterno observador de si mesmo e dos outros. Alguém que vê, não alguém que vive.

Pega a criança no colo, depois da série de movimentos, e repete a canção idiota que inventou no esforço de construir a imagem de um pai, que ainda não encontra em si mesmo — *Era um pitusco pequeninho bonitinho safadinho bagunceiro...* e o devolve ao chão, de face para baixo. A ideia do tempo não, a presença física do tempo mesmo — só é percebida integralmente quando o próprio tempo, de fato, começa a nos devorar. Antes disso (ele divagará anos depois), o tempo é a marcação do calendário e mais nada; durante um bom período da vida parece que há uma estabilidade, uma espécie tranquila de eternidade que escorre em tudo que pensamos e fazemos. Derrotamos o tempo; corremos mais rapidamente que ele. Se o demônio aparecesse ali, ele faria o pacto — e sorriu com a ideia. O pai abre o livro de Piaget sobre a inteligência da criança e testa o filho todos os dias — uma corrida contra o tempo, sim, mas nessa época o tempo ainda está imóvel, o que facilita as coisas. Neste momento, se eu ponho esse bonequinho de plástico no chão o bebê vai atrás e vai tentar agarrá-lo; mas se eu ocultá-lo com a mão ou com o lenço, a criança vai se desinteressar por completo, como se o boneco desaparecesse. Faz o teste: é verdade. Fica feliz: uma criança normal, fantasia ele. Mais um pouco e o bebê será capaz de reconhecer o boneco apenas pelo pé que ficará à mostra. Talvez amanhã. Ou depois de amanhã. Há um prazo razoável na normalidade. Por enquanto ele ainda não reconhece o boneco apenas pelo pé — o que é normal, ele confere no livro.

Mas o treinamento não terminou. No canto da sala o marceneiro instalou a peça encomendada: uma rampa estreita de madeira que tem a forma de um escorregador para bebês, com proteção lateral. Um linóleo cobre a superfície da madeira. É preciso que essa superfície não seja áspera demais, que não permita o movimento, e nem lisa demais, que leve o bebê a escorregar. A sala se transforma aos poucos num espaço de trabalho; a casa, numa extensão de uma clínica logo com ele, que passou a vida odiando médicos, hospitais, tratamentos, enfermeiras, remédios, doenças, corredores, morte —, uma coisa puxa a outra. Coloca o bebê no topo da rampa, com a cabeça para baixo. Vamos lá, pitusco! Os braços da criança, que está de bruços, impedem naturalmente que ela escorregue — mas o mínimo movimento que ela fizer permite-lhe descer alguns centímetros. Cria-se uma situação concreta para ajudar o bebê a reencontrar sua estrada neurológica; segundo a cartilha, a descida da rampa é um auxílio para acelerar o desenvolvimento do rastejar em padrão cruzado, o das crianças normais. Não está no programa, mas o pai ainda coloca um despertador intermitente lá embaixo, no fim da viagem, como um estímulo a mais. A criança não vê o despertador, mas ouve o som estridente, que seus olhos procuram ainda em vão, do alto de seu pequeno abismo.

Deixa lá a criança e tranca-se no quarto para escrever seu livro. O demônio aparece em suas páginas na forma de um publicitário revoltado, com o bolso cheio de cartões de crédito. Faz discursos beletristas e virulentos contra Deus e o mundo, e conspira para o fracasso do *Ensaio da Paixão*, tema do romance. Expressão de um cinismo mal-resolvido, há um toque pesado de grotesco na sua figura. É preciso evitar o estereótipo, ele sabe, pensando alto e longe, mas não dispõe ainda de um imaginário alternativo sólido; vive um mundo, parece, que se esforça duramente para a simplificação mental, e é preciso fugir dela a todo custo. Às vezes, tem a viva sensação de que é escrito pelo que escreve, como se suas palavras soubessem mais que ele próprio. (Não sabemos tudo ao mesmo tempo; avançamos soterrando camadas de conhecimento, ele divaga.) Acende outro cigarro e vai à sala — a criança já desceu meio metro. Dá mais corda no despertador — o queijo do ratinho — e volta correndo ao quarto: uma frase imperdível lhe surgiu.

O trabalho na lavanderia era mecânico — uma enorme garra de ferro descia do alto com toneladas de roupas lavadas, largando-as num balcão, e a função dele era separá-las rapidamente. Toalhas de banho, toalhas de rosto, lençóis, fronhas, cada tamanho num carrinho, que, assim que ficavam cheios, eram levados para as passadeiras, que por sua vez gastavam as horas esticando manualmente as peças para ofertá-las a uma espécie de impressora rotativa que engolia aquilo, devolvendo tudo dobrado para as mãos de alguém que, com outro carrinho, desaparecia por uma porta distante, de volta ao prédio central. Nos primeiros dias ele sentiu o fascínio por aquela produção em série e pela Babel que o rodeava: iugoslavos, espanhóis, portugueses, árabes, argelinos, turcos, italianos. Apaixona-se por uma italiana da sala de costura — a sétima costureira da quarta fila à direita — e no raro e ralo intervalo tenta se aproximar dela, pedindo fogo para o cigarro. Ela conversa animadamente com outra italiana, mostrando-lhe a página de uma fotonovela, e mal olha para ele, enquanto estende o isqueiro. Tem os dedos manchados de nicotina, como ele, e o rosto não é tão belo de perto, apenas os olhos, mas ele fica feliz em vê-la mesmo assim. Volta um pouco mais animado para o balcão de trabalho, onde outra montanha de roupa lavada o espera.

Apenas cinco anos atrás — é uma memória recente. No seu livro, há um personagem que levita. O realismo mágico nas mãos dele sofre a corrosão da sátira e da caricatura — e, ao final, da alegoria. Como resposta gandhiana à violência estúpida dos militares que invadem a ilha da Paixão atrás de comunistas e maconheiros, Moisés, magro e pálido como um faquir, eleva-se do solo e paira no ar feito um beija-flor em posição de lótus, até que, à força de cacetadas violentas, desaba de volta ao chão, já morto, para alívio dos militares — *Ponham esse filho da puta no chão*, é a ordem que os soldados recebem e cumprem aos gritos. O escritor levanta-se, eufórico — uma bela cena! Não é, na verdade — o livro que ele escreve ainda não tem um fio narrativo; ele não sabe, de fato, o que está escrevendo; mas não importa — acende outro cigarro e olha o teto. Súbito, escreve outra frase, a letra miúda sobre a folha amarela. Lembra-se do filho. Na sala, a criança já chegou ao chão, e olha intrigada para o relógio que tiquetaqueia a um palmo de seus olhos inseguros. Ele pega carinhosamente o ratinho e coloca-o de novo no alto da rampa — e dá corda no relógio. Recomeça a luta para descer ao chão. Os olhos da criança procuram o som estridente do despertador que dispara em algum lugar do espaço — ele levanta a cabeça, e o braço esquerdo se move, o que o obriga a mover o direito. Avançou dois dedos.

O trabalho da lavanderia vai só até as onze da manhã. Dali, ele é levado a outro setor, o de limpeza. Com outro uniforme agora, um macacão de serviço, sobe de elevador, com balde, vassourão e detergentes, até o alto do prédio e recebe uma explicação sumária: limpar o chão dos quartos, apartamentos e do longo corredor. As duplas são distribuídas de andar em andar. Tem por companhia um estrangeiro, que ele imagina árabe ou turco; assim que ficam sós, o homem segura-lhe o braço, mostrando o chão, e diz com um toque de ameaça no idioma das palavras-chave do universo imigrante: *"Ich, curridor! Ich, curridor!"* O que significa que em seu começo de serviço já terá a parte mais difícil, entrar nos quartos e fazer a limpeza enfrentando obstáculos. Não discute. Primeira porta aberta, encontra um senhor de cabelos brancos cheio de tubos saindo-lhe da cabeça. Apenas os olhos assustados se movem, acompanhando-lhe os movimentos. O susto, ou o medo, parece se espraiar pelo rosto pálido. Há um conjunto de aparelhos em torno, pequenos painéis que apitam discretos de vez em quando — ele ouve a respiração pesada do velho. Arrancar um tubo daqueles e ele morre, o escritor pensa, sorrindo gentil para a figura imóvel. O turco tinha razão: limpar o corredor é mais fácil. Debaixo de uma das máquinas com rodinhas, vê uma barata disparando para o banheiro e lá desaparecendo. E no entanto o chão está tão brilhante que podemos nos ver ao espelho.

Elas sobreviverão à próxima era glacial, ele lembra da frase feita que leu em alguma parte. Sai para outro quarto — ao cruzar o corredor, vê o Turco descansando lá no fundo, cigarro aceso, trabalho feito. Sente na alma a tensão da hostilidade: turco filho da puta, ele pensa, e continua a trabalhar, entrando em todas as portas e encontrando de tudo sobre as camas, velhos e velhas, às vezes gente mais nova, uma ou outra criança, alguns apartamentos vazios. Não consegue decifrar as palavras compridas em alemão, no corredor, na parede, nas portas. Por alguns minutos passa-lhe a ideia de estudar alemão, que esquecerá em seguida: não há tempo. É preciso juntar um máximo de dinheiro aqui. Trabalha sete dias por semana, faz todas as horas extras que aparecem.

Num raro sábado livre, passeando por Frankfurt, entra numa livraria — milhares, milhões de livros, todos escritos em alemão. Avançando pelos corredores, reconhece e alimenta-se de alguns nomes conhecidos: John Steinbeck, Heinrich Böll, Scott Fitzgerald, Sartre, Dickens, Cortázar, Thomas Mann, uma família caótica. Diante daquele mundo que aqui ele não pode ler, estetiza a cena lembrando da frase de Borges, uma figura esguia nas sombras, já quase um decalque de Andy Warhol, criador e vítima da própria obra, as mãos em primeiro plano pousadas sobre a bengala: "Suprema ironia, Deus me deu todos os livros do mundo e a escuridão." Uma afirmação elegante e refinada como um lance de xadrez, em meio a tigres na biblioteca, caminhos que se bifurcam e *alephs* de plástico para consumo intelectual. Deus restou só uma hipótese literária, já que todos os seus outros sentidos se perderam, ele imagina, errando feio — Maomé já começava a se vislumbrar no horizonte, de corpo e alma. Lembra-se de procurar algum autor brasileiro e, no entusiasmo que vai se transformando em obsessão, perde horas perseguindo lombadas e seções — acha apenas três títulos de Jorge Amado, e mais nada. Leva um choque: o que parecia um mundo, o que de algum modo deu o perfil de sua fala e de sua frase, aquilo que lhe dá a voz, não existe. Ponha o pé num avião, ele conclui — e desaparecemos. Os escritores brasileiros somos pequenos ladrões de sardinha, Brás Cubas inúteis, ele quase se vê dizendo em voz alta, na última prateleira, folheando uma bela e incompreensível edição de *Dom Quixote*.

A criança chegou novamente ao chão. É o momento mais difícil, e ele interrompe o romance para acompanhar o filho no esforço da respiração escassa. Coloca a pequena máscara de plástico no rosto dele, cobrindo apenas o nariz e a boca — o elástico prende-se suavemente à nuca. O mínimo movimento de mão que ele fizer vai liberar sua respiração — mas esse mínimo custa muito. O plástico cria o vácuo como uma forma que se amarrota, e depois torna a se encher, já nublado de vapor humano. Volta a se amarrotar, com mais intensidade — e de novo embaça-se do ar já respirado, quente, gasto. O vácuo agora é mais forte, a luta pelo ar que falta, o esforço do pulmão em ultrapassar seu limite físico; e volta-se a inflar o plástico, cheio de um espaço inútil, estufado, que parece ar, mas já é outra coisa, venenosa. A mão do bebê procura a máscara para arrancá-la dali, uma tarefa difícil — há um caos de desencontros entre o esboço da intenção e o gesto em si, que avança sem rumo, enquanto a máscara incha e desincha por força de seu vazio crescente e de seu desespero, até que afinal a própria criança se livra do estorvo, e a respiração parece que se amplia na felicidade do ar renovado, o alívio bruto, a súbita e violenta oxigenação de cérebro: o pai quase que vê os pequenos pulmões inchando e desinchando além de seu limite, agora de volta à vida. Sim, essa brutalidade faz sentido, ele pensa — talvez (isso ele não pensa) de fato a criança tenha de conquistar o seu direito de se tornar um filho. Coloca-a de novo no alto da rampa, e volta ao quarto, onde se fecha para o prazer do livro, e, em sentido contrário, acende o cigarro e dá a tragada interminável que o inebria, o poder da droga absorvida por todas as ramificações da alma. Escreve mais algumas linhas, rapidamente — olha para o alto, suspira, sopra a fumaça, e sonha.

Na semana seguinte, um outro brasileiro, novato, apareceu no serviço da faxina. É um rapaz agitado e desagradável. Sente a tentação de fazer dele o turco da vez, mas sabe que não tem o dom nietzschiano da vontade de poder, pelo menos o poder mais visível, o da mão no braço, o da voz alta, o do dedo apontado, o do peito inchado. Repartem a tarefa cordialmente. Num dos gabinetes, o rapaz pega uma calculadora da mesa de um médico e a coloca no bolso do uniforme: *Vou levar isso. Ninguém vai notar.* Em três segundos, ele imagina a sequência: a reclamação do médico, a simples conferência do horário e do andar, o nome dos funcionários responsáveis e a demissão sumária, quem sabe em alemão, com dedos apontando a rua e um pontapé na bunda. Agarrou o braço do colega: *Ponha essa merda de volta.* O rapaz reluta, erguendo o queixo, talvez menos pelo furto e mais pelo desaforo da cobrança. Ele insiste, com a ameaça: *Se você não devolver, vou agora mesmo ao subsolo explicar o que houve.* O rapaz sorri — *Cara, era só uma brincadeira! Calma!* — e ele solta o braço: calculadora no lugar, tapinhas nas costas, risos. Passou. Numa boa, amigo! Ele sente náusea, desconfortável: iria mesmo denunciá-lo? A denúncia é o último grau da indignidade. A figura arquetípica do delator. O Judas. Lembrou das latas de sardinha e atum no bolso, o medo e o olhar em torno, a dissimulação aviltante no corredor sombrio do supermercado, antevendo algum dedo anônimo apontado, gritos de pega ladrão, a vergonha, a vergonha absoluta e irredimível. O problema é que esse conterrâneo é idiota, ele justificou-se. Melhor trabalhar com o turco — parece que lá eles cortam a mão dos ladrões, a adaga de aço desce zunindo sobre o punho à espera, no tronco manchado de sangue, ele fantasia, e finalmente sorri, voltando a escrever rápido, em linhas seguras e perfeitamente horizontais na folha amarela, sinal de que o texto, na sua cabala pessoal, está muito bom.

Agora é preciso levar a criança para o quarto escuro. Aos 25 anos, o menino terá ainda medo do escuro — dorme sempre com uma luz fraca acesa — e de trovoadas (fecha todas as janelas e basculantes e cortinas e portas e venezianas que houver na casa). Talvez — às vezes ele pensará, muitos anos depois — a culpa seja dessas sessões de multiestímulo. Jamais saberá: o tempo é irredimível. Nada do que não foi poderia ter sido; faça sua escolha; é só uma, fique tranquilo; não há segunda chance, não há outro tempo sobre esse tempo — lembrou do irmão agora, quando prepara o projetor de *slides* que ganhou dele, justamente para essas sessões. Fotografa formas — triângulos, quadrados, círculos — e objetos — prego, cadeira, livro, óculos, laranja, árvore, dentes, copo —, cada um deles com a legenda em maiúsculas (COPO, LARANJA, PAI). No quarto escuro, súbito se ilumina a parede com a imensa laranja em *close*, o texto em maiúsculas, e a voz do pai, como um sargento fazendo a ordem-unida, repete "laranja" — *clact, clact*, outra foto —, "árvore" — *clact, clact*, outra foto —, "chaveiro" — *clact, clact*, outra foto —, "livro". Sentado na cadeirinha com cinto de segurança, o bebê se distrai com as súbitas iluminações, as figuras gigantes na parede, a voz do pai, entre uma escuridão e outra. Nada daquilo significa nada, apenas brilhos coloridos e súbitos diante dele, mas é preciso insistir, várias vezes por dia, as palavras avulsas recitadas como num poema dadaísta. Um dia meu filho colocará aqueles óculos gigantes e sairá lendo *A montanha mágica* por aí, sonha o pai, brindando aos amigos no bar, vai ler *O inimigo de povo*, de Henrik Ibsen (*O homem mais forte é o homem mais só*, ele lembra); talvez seja ator — *o inverno da nossa desesperança*, ele dirá no palco, magro como o pai, arrastando a perna de Ricardo III e repetindo Shakespeare com a tensa discrição de quem de fato sente o que está dizendo. Antes de sair de casa, o teste de Piaget — parece que tudo vai de acordo. O *Ensaio da Paixão* também vai bem, ele imagina. Seguindo o conselho de Hemingway em *Paris é uma festa*, que ele leu em Paris mesmo, percorrendo, caipira, os lugares especiais citados no livro, um por um, e gastando com parcimônia os marcos que ganhou na Alemanha (teriam de durar muito, ele sabia), ele sempre tenta interromper o texto que escreve num bom momento, com vontade de continuar imediatamente. O resto do dia estará povoado por aquele desejo — e no outro dia ele não sentirá a depressão de uma página em branco, de um momento de transição, de um bloqueio momentâneo. E nunca escreva demais no mesmo dia. Aliás, escreva pouco, ele se ouve dizendo — respeite seu leitor, se houver algum. Esse o problema: todas as regras do mundo e, aos 22 anos de idade, não escreveu nenhuma página realmente boa. Nada. Não é hora ainda, ele se justifica, vassourão avançando tateante e cuidadoso sob as camas dos enfermos, empurrando penicos de aço. Chegará o dia. Todas as forças estão reunidas para que o dia amanheça — ele relembra o verso que escreveu no seu sótão de Raskolnikoff, lá em Coimbra.

O melhor era a noite — pelas seis da tarde ele ia a um outro subsolo daquele prédio imenso: a cozinha. A linha de produção agora era a lavagem da louça: um balcão imenso com uma esteira rolante — no fim, o altar da lava-louças automática. Mais uma vez, a imagem chapliniana dos tempos modernos era irresistível. Ao contrário de agora, ele calcula, pensando no filho, não havia nenhum sentimento irredimível de sofrimento ou tragédia — a vida é dura, mas alegre; e tudo está sob controle, como nas gagues de Chaplin: ao final, virão as palmas, não a morte. Um comboio de pequenos vagões puxados por um carrinho elétrico saía de um corredor, manobrava habilmente como num filme de Walt Disney e estacionava em frente à esteira, quando imediatamente funcionários se punham a tirar bandejas dos vagões e colocá-las no balcão rolante. Ele já fez isso, um trabalho semelhante ao do balcão das roupas: rapidamente tirar as bandejas, colocá-las na esteira no tempo exato, lado a lado; esgotado um vagão, o carrinho avançava dois metros, outro vagão a esvaziar, e assim por diante. Na esteira, uma fila de Chaplins separava, cada um uma coisa: talheres, pratos, sobras e enfim a própria bandeja. Lá no fim, copos, pratos e talheres eram colocados na máquina enorme, de onde saía um vapor quente de uma fábrica trepidante — e, enfim, os pratos lavados eram reencaminhados ao mundo. O trabalho é ininterrupto — ele não consegue pensar. Mas, num raríssimo intervalo, seu amigo comunista sussurra: *O melhor lugar para trabalhar é na esteira: você notou como os alemães jogam comida fora?* Só então ele percebe: porções de salame em embalagens a vácuo, potinhos intocados de manteiga e geleia, torradas, pãezinhos, tudo que volta nas bandejas é sumariamente despejado nos latões de lixo — é claro, aquilo é um hospital, e em outra ponta dos tentáculos daquele prédio os latões arremessam tudo para incineradores gigantes, ele imagina; e as chaminés despejarão a fumaça negra para que se perca para sempre nos céus. Mas nós comunistas não nos incomodamos com esse rigor sanitário — agora trabalhando na esteira, ele ajeita uma caixa de papelão aos pés, onde arremessa tudo que é aproveitável no que rola em sua frente: salame, manteiga, pão, torradas —, o jantar está garantido. Até porque conseguiram uma outra dádiva desta aventura — *Herr* Pinheiro cedeu a eles, numa das ramificações subterrâneas daquele labirinto, uma sala perdida, espécie de depósito, com duas camas, mesa e um fogareiro; ali, ele e seu amigo podem ficar "por um tempo". Tudo é ilegal, incerto, provisório, a semana paga num envelope discreto, em notas e moedas em estado bruto, ninguém assina nada em lugar algum — mas cada dia de graça é uma conquista maravilhosa, e a cozinha agora fornecia também a alimentação. Eles não podem sair à noite — porque não conseguirão entrar novamente, sem lenço, crachá ou documento —, mas, como o serviço termina lá pelas dez da noite para recomeçar às sete da manhã, tudo que querem é dormir. Nunca dormiu tão bem na sua vida, o trabalho é um repouso perpétuo — preparam o lanche da noite, ovos mexidos com salame, queijo, presunto, manteiga, tudo misturado — e desabam. No outro dia, têm banho à disposição numa fila de chuveiros adiante; e numa sala com um nome intraduzível à porta encontram gelo em gavetas refrigeradas. Um dia ainda encontramos o dedão de um cadáver aqui, divertem-se eles recolhendo gelo para o suco, imaginando que talvez aquilo seja o necrotério do hospital. Vamos para o serviço, que já estamos atrasados.

Do quarto escuro, de volta à mesa, para a operação lavagem neurológica, ele brinca — não a cerebral, ainda. Vamos nadar, criança, um, dois, feijão com arroz, três, quatro, feijão no prato. Cinco minutos. Na pior das hipóteses, ele fantasia, seu filho virará um atleta. Ele imagina a próxima página: o personagem Miro, o pintor do *Ensaio da Paixão*, vive no fundo de uma caverna perdida numa ilha — nem ele sabe o que tem na cabeça, mas que furacão medonho gira ali, embalado pela maconha.

Tudo em nome da arte: um quadro na parede. A aristocracia da arte, ele pensa: a verdadeira mobilidade social é esta. Esse nariz discretamente empinado, enquanto o vassourão limpa o chão da Alemanha. A Arte Liberta: um plástico para pôr na testa. Só então percebe onde está o fosso que separa o turco agressivo e ele, a súbita consciência de que, parece, era um predestinado naquele porão das clínicas. Começou com a gentileza das velhas senhoras portuguesas da lavanderia (onde trabalhavam como que há várias gerações sem sair do lugar) trazendo-lhe goiabada, vinho, pão — o doutor de Coimbra, diziam, e era inútil explicar que ele jamais assistira a uma só aula da universidade. *A Revolução dos Cravos, a senhora sabe.* Não, não sabiam nada: até o português esqueciam, e não tinham como aprender o alemão, mas a gentileza era a mesma, senhoras trazidas intactas do período galego-português, do século XIV para o século XX, movendo-se ágeis nos 2.000 vocábulos daquele dialeto encapsulado para todo o sempre. Depois, a hostilidade dos imigrantes legais, de carteira assinada, contra aqueles estudantes filhos da puta que vinham ali, de pele clara, loiros e bonitos como um cromo nazista, para lhes tirar o emprego só por esporte, figurinhas entediadas trabalhando praticamente de graça; eles sairão de Frankfurt para suas vidas de riquinhos em algum lugar do mundo — vejam a pose, as mãos limpas, o nariz romano cheirando merda, até os planos são grandiosos, um é artista, outro doutor — e nós, talvez eles dissessem, no gueto, ele começava a imaginar, e nós ficaremos com a vassoura e o escovão até o fim dos tempos, porque alemão não se submete a isso. Você já viu um alemão aqui? Não, nenhum, nunca, eles são Alfa Mais, estão em outra esfera do admirável mundo novo — o mais parecido com um alemão aqui sou eu mesmo, ele conclui ao espelho. Talvez por isso que, sutilmente, o seu serviço sempre era o mais leve: alguém diferenciado. Talvez eles imaginem, mesmo sem saber nada, que eu vou me tornar um grande poeta: todas as forças estão reunidas para que o dia amanheça. Os turcos todos que abram caminho, talvez fosse o caso de dizer, se ele chegasse a formular a própria vida; mas, se ele lia Nietzsche, eram os turcos que levavam isso a sério. Um mês depois, uma revolta dos imigrantes legais, uma paralisação babélica na cozinha do hospital, aquelas vozes todas incompreensíveis gritando em torno do chefe, os dedos apontados para os brasileiros — o que estará acontecendo? —, e ele e seu amigo comunista se veem na rua no dia seguinte, sem entender exatamente o que se passou. *Herr* Pinheiro explica, balançando a cabeça: a fiscalização. Eles não têm a documentação necessária. Estudantes de outros países não podem trabalhar ali, vocês entendem, não? Mas, gentil, dá a eles um nome e um endereço que podem ser úteis.

Da mesa a criança volta ao falso escorregador, para a lenta descida ao chão, o chão expugnado palmo a palmo, ele declama baixinho, pensando longe. Quando acabar a licença da mulher, quem será a terceira pessoa a participar do exercício de mesa da criança? Os pais não são o problema; os pais são a solução, eles diziam. Lembra da médica da clínica, a última palestra — ele levou oculto num envelope um exemplar de seu livro de contos, o primeiro que publicou, *A cidade inventada*, para presenteá-la, o que fez soterrado pela timidez, a letra torta na dedicatória canhestra — esse invencível desejo de marcar território, de dizer quem ele é, de afirmar que ele não é gado, de avisar que ele sabe mais do que esses botocudos que ficam boquejando aí, essa burralhada toda, e ao mesmo tempo a sensação viva de seu fracasso, de um livro ruim, inacabado, imaturo e incompleto: viveu tanta coisa mas só escreveu abstrações e imitações de superfície, ele diria mais tarde sobre seus próprios contos. E agora esse filho, essa pedra silenciosa no meio do caminho. Ali está ele, tentando descer a rampa para alcançar um despertador que ainda não vê. Mas, ontem, pela primeira vez o menino reconheceu o boneco apenas pelo pé — e avançou chão à frente para tirar o lenço que ocultava a figura. O triunfo de Piaget! — e o pai sorriu. No bar, a filosofia e a risada, o brinde da cerveja: somos todos reiteráveis! Estende o dedo para o filho que mais uma vez chegou ao chão, passa a unha suavemente na palma da sua mão, e o indicador do pai é imediatamente agarrado pelos dedinhos macios, o braço trêmulo avançando entre as grades da bruxa em busca de segurança.

Um ano depois, mudam-se para um sobradinho na periferia da cidade. Com 54 metros quadrados, é a miniatura de uma casa, o que de certa forma misteriosa lhe agrada. Num dos quartos minúsculos do segundo andar, faz uma estante primitiva que cobre a parede inteira e cujas tábuas de araucária, lixadas, pintadas e repintadas, montadas, desmontadas e refeitas, seguirão por toda a sua vida, numa transformação perpétua. Ele gosta de mexer com madeira. (Sonha às vezes com um espaço de garagem, uma bancada, um torno, uma minimarcenaria que jamais terá na vida.) E a altura e largura da estante serão o termômetro da melhora de seu padrão de vida, nas mudanças seguintes, pela parede a mais que sobrar, para os lados e para cima. O preço do sobrado era convidativo; a prestação, menos que um aluguel; a entrada, o cheque que recebeu por um trabalho avulso na área das letras. Tudo parece fácil. Deram o sinal num sábado à tarde; na terça seguinte, ao revisitar o sobradinho, descobre que há uma serraria próxima e que o ruído das máquinas, um zumbido inextinguível, acompanhará cada linha que escrever. À noite, uma mulher nua e louca, loira como o pecado, impressionante sob o luar, às vezes sai à rua — de chão batido, cortando terrenos baldios, estão no limite do mundo — gritando as mesmas frases ininteligíveis, até que alguém venha buscá-la com um roupão para protegê-la, e ela volte em transe, na sua loucura circular. Ele vê aquilo das sombras e nas sombras, e transforma mentalmente a imagem num quadro de Münch, para se defender — mas o metal histérico da voz de araponga permanece horas no ar, ressoando. Uma manhã descobre que lhe roubaram o botijão de gás, que ficava no pequeno pátio dos fundos, cortando a mangueirinha que atravessava a parede. Começa a comprar cadeados, correntes, grades. Manda erguer um portão de ferro. No espaço da frente, um quadrado de dois por dois metros, que poderia ser um jardim, planta pepino, girassol, salsinha, rabanete. Uma tarde uma senhora para diante dele e diz que admira quem aproveita o menor terreno para produzir alguma coisa. Ele agradece — gostou de ouvir aquilo. Ele se sente — ou se faz de — um teimoso personagem de William Faulkner, obedecendo a algum chamado ancestral que não compreende mas que precisa levar adiante por alguma força imemorial que está além da razão. É uma bela imagem literária, mas isso não é ele. Sente-se em falso; ainda lhe deforma o senso o velho cordão umbilical do seu imaginário da infância, o pai que ele não teve, com o sonho rousseauniano — afastar-se dessa merda de cidade, refugiar-se fora do sistema, viver no mundo da lua, estabelecer as próprias regras, dar as costas à História. É difícil — as coisas parece que vão perdendo o controle. Uma fase atormentada. A mulher tem de pegar dois ônibus para ir ao trabalho, que fica no outro lado da cidade. Por que não pensou nisso antes? Ela não queria comprar o sobrado; ele que insistiu, obtuso e sorridente. Ele cuida da casa, dá aulas particulares, faz revisão de textos e teses. Para dizer onde mora, tem de desenhar um mapa, assinalar placas indicativas, setas, nomes de ruas que ninguém conhece. A ruazinha do sobrado tem nome de um poeta menor: Luiz Delfino. Por um bom tempo não tem telefone. Autista, debruça-se sobre o novo romance que escreve já há alguns meses, *Trapo*, indiferente ao mundo, enquanto não consegue publicar o anterior. Vai pondo na gaveta as cartas de recusa das editoras e engolindo em seco as derrotas dos concursos literários, mas nada disso o incomoda de fato. É como se uma parte dele negasse o confronto desigual — melhor baixar a cabeça, discreto, e tentar uma outra esquina do labirinto. O mundo é muito mais forte, impressionante e poderoso do que ele. A medida da província entranha-se na sua alma. Talvez fosse o momento de reler Nietzsche, começar de novo, mas ele não tem mais tempo. Ouve pela primeira vez rodar a engrenagem poderosa do tempo, e um discreto pó de ferrugem já transparece nos objetos que toca. Finalmente, o tempo começa a passar.

E alguma coisa em sua vida começa a se perder. A mulher está grávida novamente, uma gravidez de risco, pelos antecedentes. Segue a romaria das consultas genéticas — se o primeiro caso era trissomia simples, a hipótese de se repetir a síndrome restava estatisticamente remota. Mas a estatística, ele sabe, é uma mera regulamentação do caos realizada numa sala escura por funcionários de má vontade. Um exame de amniocentese em Campinas encerra a dúvida: é uma criança geneticamente normal que vem por aí. Uma menina. Ele acaba de atender o telefonema, num fim de tarde. Pela janela da sala, vê a serraria lá adiante, depois do extenso terreno baldio do outro lado da rua, que dá um ar de cidade pequena ao espaço em que vive, ouve o zumbido das máquinas, que agora lhe parece suave, e em seguida a sirene do fim de expediente. Seis horas. O silêncio que se segue é uma dádiva. Abre uma cerveja, acende um cigarro e aspira profundamente a fumaça, de olhos fechados, sentindo espraiar-se a nicotina pela alma: uma criança normal no horizonte. Ele precisa, desesperado, de uma referência. Eu preciso desesperadamente de normalidade — ele se diz, e se pergunta: onde está a normalidade? Estava em falta no mercado, e ri sozinho. Agora não. Com a imagem da filha que ele começa a absorver, comovido, sente uma felicidade imensa na alma.

Uma alegria num momento difícil. Viver entre os outros e sentir-se um deles: jamais conseguiu, e parece tão simples. O futuro começa também a pesar em outra direção: sabe que é uma pessoa tosca, bruta, inacabada, sem recursos de sobrevivência. Até quando a mulher o aguentará? Até quando ele aguentará a mulher? Ele levantou a voz duas ou três vezes na vida, sempre (mas ele só percebia isso muito depois) por mesquinharias; ela, jamais. O que fazer da vida, agora que está formado em letras? Lembra do velho conhecido que tempos atrás levou-o à redação de um jornal picareta, para tentar um trabalho que ajudasse o amigo desempregado. A redação ficava próxima da universidade. Subiu as escadas já desagradado por estar ali, um desejo de voltar direto para seu sobradinho e para seu livro, sem falar com ninguém — a semente da depressão, a que de fato ele jamais se entregou. O diretor de redação era uma figura estúpida, o ar posudo tentando disfarçar a alma feita a machado — não tinha vaga nenhuma para a redação, mas eles estavam precisando de alguém que fizesse o *paste-up* —, a organização do chumbo na página, algo assim, naqueles tempos pré-históricos de 1982. Não, obrigado — nem sei o que é isso. E voltou as costas. No ano anterior lançara *O terrorista lírico*, uma novela de que ninguém tomou conhecimento. Nem ele mesmo, defensivo — que esperem o próximo romance, um calhamaço de trezentas páginas, *Ensaio da Paixão*, o primeiro acerto de contas com a própria vida, antes do filho. Está na gaveta, já com quatro ou cinco cartas de recusa. Mas ele resiste à ideia tentadora de se fazer de vítima. Ninguém está pedindo para ele escrever nada. Por que não inventar outra coisa da vida? — às vezes ele se pergunta, olhando em torno, atrás de uma atividade decente.

A literatura é o menor dos meus problemas, ele imagina, olhando para o filho que, sentado no chão sobre uma proteção de plástico, tenta comer com as próprias mãos — o resultado é um desastre engraçado, comida em toda parte, pasta de feijão na testa. Mas o filho um dia precisará fazer as coisas sozinho. Está há mais de um ano seguindo à risca o tratamento da clínica: exercícios de braços e pernas de padrão cruzado, várias vezes ao dia; sessão de palavras e imagens; máscara para respirar; deixar o máximo de tempo a criança no chão; estímulos de todo tipo. Mas o pai começa a desabar. Não está aguentando. Desistiu de perseguir as metas da formação da inteligência segundo Piaget — de um momento em diante, como os chimpanzés de pesquisa, que brilham nos primeiros meses de vida humilhando bebês humanos de mesma idade e em seguida estacionam para sempre, seu filho começou a ficar irremediavelmente para trás. É ativo, movimenta-se o tempo todo — mais do que seria razoável — mas há algo distante nele, o fechamento misterioso em si mesmo, aquela barreira intransponível diante da alma alheia: jamais entramos nela. A linguagem é uma conquista penosa, terreno em que o filho avança aos solavancos ininteligíveis, cacos de palavras e relações, em meio a gestos e afetos sem tradução. É preciso um certo esforço para amá-lo, ele pensa — ou ele não pensa, o pai, ele não pensa em nada. Defende-se estacionado em outra esfera, no tranquilo solipsismo de seus projetos. Tira fotografias da criança com sua Olympus OM-1, o seu orgulho. Procura bons ângulos, aqueles em que o filho não ficará com o rosto que tem, de trissômico, mas que pareça outra pessoa, normal como todas as crianças do mundo. Com todo mundo é assim, não? Ninguém quer sair na fotografia de boca aberta, com a língua de fora (exceto Einstein, ele lembra, e sorri da ironia), o olhar parado, a baba no queixo. O olhar. Principalmente o olhar. Por que com o meu filho seria diferente? Desenha o rosto do filho com lápis e bico de pena, buscando uma fidelidade de linhas, e jamais gosta do resultado. Ele continua com dificuldade para falar do filho em público — quando perguntam, tenta responder rapidamente, "tudo bem", "ele está ótimo" — e fareja rápido outra direção para a conversa. Nas raríssimas vezes em que diz a verdade sempre a alguém estranho —, sente o abismo do desconforto mútuo, instantâneo e sem saída. A ideia de que há pessoas muito diferentes no mundo e que necessitam menos de ciência, e mais da nossa compreensão generosa — um ideário que agora, do início do século XXI, começa a se estabelecer mais ou menos solidamente, parece — era uma utopia. O seu filho não existe, exceto como habitante de um pátio dos milagres. Anos depois, na rua com a criança, uma mulher de aparência simples se aproxima e estende a dádiva da religião, o que ele reconhece apenas pelo tom da voz, aquela bondade plastificada, o sorriso inocente e falso como um dente de ouro: "Se o senhor quiser a ajuda da nossa Igreja, o senhor nos procure." O poder sempre subestimado das igrejas, ele pensa, se afastando — elas voltarão a dominar o mundo, como os vilões míticos de histórias em quadrinhos. Pensa também em como pode ser tentador o impulso de ele, o pai, se apoiar no filho, para ali se destruir. Fazer do filho a sua desculpa, o altar da piedade alheia. Sim, é um bom rapaz. Tinha muito futuro. Pena o filho — acabou com ele. Dizer não intuitivamente, dizer não. Em outro momento, a criança recém-nascida, confessou a desgraça a um ex-colega de faculdade, agora candidato a vereador pela esquerda, que pôs a mão severa, já habitante de um outro teatro, em seu ombro: "O Estado tinha de dar atenção a casos como o seu." Faltou complementar: "Vote em mim." Sim, é verdade. Mas eu não gosto do Estado, ele pensou, ou como um camponês espoliado, ou como um nobre espoliador. A parte do Estado eu dou conta sozinho, ele pensou; o que eu preciso é de uma cerveja, mas não disse.

Durante muitos anos, já escritor conhecido, relutará em falar do filho — já não é mais, ele sabe, uma fuga, o adolescente cabeceando para negar a realidade pura e simples; é a brutalidade da timidez, que exige explicações que, inexoráveis, se desdobram até o fundo de um fracasso. Melhor poupar os outros; é sempre bom manter viva a intimidade. O fracasso é coisa nossa, os pássaros sem asas que guardamos em gaiolas metafísicas, para de algum modo reconhecermos nossa medida. Durante um tempo, nutriu-se da ilusão da normalidade; ele ainda alimenta essa miragem, agora como disfarce — o seu filho, assim na multidão, não é tão diferente; não chama a atenção; parece normal. É preciso romper a casca do medo, entretanto.

Rompimento. Os raros momentos em que a vida se esgarça e se rompe, e é inútil esticar a mão para trás porque não recuperamos o que se foi. Aos cinco ou seis anos, o primeiro deles: recusou-se a ir buscar no vizinho três pés de alface, desafiando o pai. "Eu não vou", ele declarou, nítido, olhando nos olhos dele. E repetiu, em voz mais alta, testando a própria força, recém-descoberta: "Eu não vou." O pai pegou uma peça de compensado que parecia uma raquete; praticamente pendurou-o pelo colarinho com a mão esquerda, enquanto a direita desfechou-lhe quatro ou cinco lapadas na bunda, com força, largando-o em seguida. "Você não vai?" O menino chorava lancinantemente, talvez menos pela dor e mais pela descoberta de seus limites — "Eu vou."

Se você quer dizer não, aguente o tranco. Ele aprendeu, e passou a vida dizendo não, talvez para se recuperar do primeiro fracasso, e desenvolveu técnicas de sobrevivência para não levar outras lambadas na bunda. Dizer não: como é difícil! Outro momento, na Escola de Oficiais da Marinha Mercante do Rio de Janeiro, para onde foi em 1971, atrás do sonho de se tornar um Joseph Conrad — viajar pelo mundo e escrever seus livros. Dizer não à universidade e à vida no "sistema". Durante alguns meses, viveu a relativa estupidez da escola em regime militar fechado, sem um minuto de folga, da ginástica matutina aos turnos de guarda à noite, passando pelas aulas puxadas praticamente o dia inteiro. Não se arrepende; é uma boa memória. Passou mais ou menos tranquilo pelos trotes, pois era um "percevejo" — o aluno de fora, um pouco mais protegido. O Brasil vivia o pior momento do regime militar, e a sombra da ditadura tocava todas as coisas. Aproveitava os turnos de guarda para ler — eclético, lembra ter lido, nos intervalos da tábua de logaritmos e do livro de marinharia, *Cem anos de solidão* e um ensaio de Karl Jaspers. Considerava-se um existencialista, sem entender direito o que significava. Em torno, vigoravam a moral e a lógica de *A cidade e os cães*, de Vargas Llosa, a tragédia dos internatos. Um dos colegas, apelidado de "2001 — uma odisseia no espaço", jogou-se da janela do segundo andar para escapar de um trote, quebrando a perna. No inquérito que se seguiu, não entregou os veteranos. Outro, um filho de general que cultivava maconha em algum lugar da escola, confessou aos colegas que recebera as respostas da prova de admissão um dia antes do exame. Ao mesmo tempo, encontrava ali bons amigos: um deles contou-lhe como foi um dos cercos ao guerrilheiro Lamarca, em Registro, de que participara como recruta, sem entender nada. O Brasil não se racionalizava: estava nos poros e nos porões. Existencialista aprendiz, decidiu que ali não era o seu lugar. Escrevia longas cartas de amor a uma namorada distante, e recebia outro tanto, com marcas de batom para selar a paixão. Em jogo duplo com a família, pedia dinheiro de um lado e armava a saída de outro. Descobriu que precisava da autorização da mãe para sair — ainda não tinha a idade mínima. Falsificou caprichosamente a assinatura dela no documento — sempre teve habilidade para o desenho — e apresentou-a no balcão. Com um toque de sadismo o funcionário fardado disse que ia escolher o quartel para relocá-lo, uma vez que teria de cumprir até o fim o ano de serviço militar. "Eu já estou no excesso de contingente", ele disse, sorrindo, apresentando o documento do CPOR de Curitiba (esse verdadeiro), para decepção do homem. No dia seguinte, 18 anos incompletos, estava na avenida Brasil, de mala na mão, sem saber o que fazer da vida, exceto que seria um escritor. Não era uma decisão racional, pensada e pesada — era uma espécie de claustrofobia crescente que de tempos em tempos emergia furiosa de sua alma para promover alguma mudança radical. Agora estava ali, sozinho, um pé no sonho, outro também, e sentiu o sopro do medo tomando-lhe o corpo, segurando seus passos, enquanto embarcava no ônibus de volta.

O filho começa a dar os primeiros passos, dois anos e dois meses depois de nascer. Eu também nunca fui precoce, ele pensa, sorrindo, ao ver o menino andando sozinho pela primeira vez, num equilíbrio delicado e cuidadoso, mas firme. A demora para andar não era um problema; na verdade, o programa até estimulava essa demora, para não deixá-lo em pé antes que estivesse madura a organização neurológica necessária. Nada de andadores, muletas, auxílios externos, considerados verdadeiros crimes contra a maturidade da criança. Quanto mais no chão ficar, melhor. Lembrava sempre de uma observação da clínica: frequentemente os filhos dos pobres têm muito mais coordenação motora, agilidade, maturidade neurológica que os filhos dos ricos; a mãe pobre põe o filho no chão e vai lavar louça, fazer comida, trabalhar — a criança que se vire. A mãe rica dispõe de colos generosos e perfumados, proteções de todo tipo contra o terror de infecção, babás cuidadosas, cintos de segurança, carrinhos, andadores com almofadas. Aquele chão livre da infância será um ajudante poderoso na formação neurológica da criança, quando não temos medo dele. *Se non è vero, è ben trovato*, ele pensará vinte anos depois, ao perceber o ótimo equilíbrio do andar do filho (que praticamente nunca caiu ou escorregou, sempre cuidadoso e firme nos passos) e a qualidade de sua natação, mil vezes melhor que a do pai, um total descoordenado e uma vergonha na piscina.

A linguagem, entretanto, se atrasa penosamente. A cada dia o pai vai sentindo e amargando a inutilidade daquelas palavras em cartolina, aquela sequência irracional de nomes avulsos, que a cada hora repete em voz alta diante dos olhos perdidos do filho, mostrando-lhe as palavras escritas em letras maiúsculas, uma a uma: geladeira, papai, mesa, cadeira, caneta, apito. Sabe que aquilo é inútil, mas alguma coisa deve se acrescentar à cabeça da criança enquanto repete as palavras — no mínimo algum sentido de atenção. Alfabetizar uma criança que ainda não fala? O estúpido pragmatismo americano, ele pensa, lembrando do frágil aparato teórico que sustenta o programa, no fundo uma técnica mecânica, o primarismo behaviorista, ele frisa a si mesmo, como quem busca um álibi para o próprio cansaço e fracasso, mas que importa? É melhor do que nada. Pelo menos em um programa ele não embarcou — o de matemática. Na proposta mágica da clínica, cartolinas com bolinhas vermelhas deveriam ser apresentadas à criança, repetindo a soma: 3, 9, 2, 57, 18 — por algum milagre da multiplicação matemática, a criança, sem pensar, *apreenderia* a quantidade de bolinhas vermelhas e implantaria no cérebro a soma não pela contagem racional, um mais um, mas pelos volumes, uma espécie de *gestalt* numérica. Pior: o programa originalmente era destinado a crianças normais, ele imagina. Crianças normais: esse é o seu pesadelo. Por que uma criança normal necessitaria desse massacre?

Não é sobre o programa de números que ele pensa agora, enquanto seu filho avança para a porta, com passos lentos mas seguros — o pai tenta avaliar se estão em padrão cruzado, se a perna esquerda avança com a mão direita, e parece que sim, mas ele não tem certeza, porque o caminho é cheio de obstáculos, que o menino considera atentamente ao andar. O pai pensa sobre o cansaço e sobre o esgotamento, sobre um fim de linha, sobre a dura sensação de incompletude de tudo que faz, no limiar de uma depressão que ele se recusa a aceitar, procurando uma saída, sobre a falta de saída, sobre a derrota, justamente agora, quando ele tem uma filha normal, belíssima, e o filho não se intimida diante do mundo — a criança chega temerária à porta, que está trancada, ergue a mão até o trinco, e desajeitadamente tenta abri-la, numa sucessão inútil, mecânica, de golpes teimosos, ainda incapaz de perceber a hipótese abstrata de uma chave.

O trabalho embrutece. Do hospital de Frankfurt, foram parar num pequeno alojamento de operários em uma pequena cidade-satélite — não lembra mais o caminho e o nome. Lembra de um imigrante venezuelano, que, segundo a lenda, teria ganho uma fortuna na loteria alemã e doara tudo à Igreja, prosseguindo seu trabalho purificador de limpar escadas e corredores, com esfregões, panos e detergentes generosos e uma interminável fala edificante sobre as vantagens de Jesus Cristo, uma ladainha paranoica, mas com método, e até suportável, se você pensasse em outras coisas enquanto trabalhasse e também mantivesse alguma distância física, para evitar o cacoete do toque suave da mão no ombro a cada frase. Pelos seus bons contatos, o homem sempre tinha um trabalho na manga para oferecer, e em troca os dois brasileiros exerceram a tolerância religiosa a ponto de comparecer a um dos cultos da tal igreja milagrosa, o comunista e o ateu. É melhor aceitar o convite, ponderaram, pensando no conforto daquele alojamento e as indicações de trabalho, praticamente todos os dias. Ele se impressionou com a riqueza discreta, mas real, dos detalhes do templo — por exemplo, num mezanino ao fundo, havia não um órgão ou um coro de crianças, mas um espaço protegido a vidro para mães com bebês chorões. No mais, a secura protestante, o falso gótico das janelas e o cheiro de tinta fresca — e uma fala em alemão com uma entonação que lhe lembrava os padres da infância em Santa Catarina. Mas era de fato uma igreja alemã, pelas caras, todas Alfa Mais — os únicos bugres ali, ele ponderou, eram eles. Esse foi um dos poucos momentos de sua vida em que se angustiou realmente com a ideia de que estava vendendo a alma — o que eu estou fazendo nessa merda? — em troca de serviço. Mas vendendo a alma a Deus, não ao Diabo; e é um preço razoável, aguentar as preleções — sempre com o pé um pouco atrás, o olhar cético, a sobrancelha interrogativa, resistência que estimula mais ainda o duro trabalho de evangelização do mundo — e em troca passar os dias fazendo faxina avulsa, pagas no fim do dia em marcos e *pfennings* brilhantes e contadinhos. O conforto do hospital acabara — agora cada dia era uma luta, boias-frias ilegais tentando juntar dinheiro. Logo no primeiro dia, deveriam estar na calçada às 6h30 — um carro os levaria até uma clínica em outra cidade. Ao tentar abrir a porta, descobriram que estava trancada. Tentaram abrir aquilo — uma porta de vidro e alumínio na cozinha do alojamento, que dava para os fundos — mas foi inútil, e o tempo passando. Pularam a janela estreita sobre a pia, enfiando-se ali desajeitados, e correram à calçada, temendo perder a carona. Na calçada, outro ilegal já aguardava. "Como você conseguiu sair?" *Abrindo a porta*, gesticulou o árabe, esticando a mão para a frente, com um sorriso: a porta abre para fora. Os dois patetas, embrutecidos pelo trabalho, não conseguiram abrir uma porta aberta, por incapacidade de aventar uma alternativa.

Ele abre a porta e o filho sai para o mundo, aventurando-se — adiante está o mesmo fusca amarelo de sempre, objeto de veneração do olhar da criança. A porta do carro está aberta, e ele avança direto para lá, sem perder o cuidado com os passos. O pai vê da janela, fumando um cigarro. Volta-lhe a sensação de fracasso — algum dia o seu filho vai falar, vai ler, vai escrever, vai se civilizar? Sente a realidade bruta: como sempre, é preciso não mentir. Não, o seu filho jamais será uma criança normal —

nem chegará perto disso. Viveu uma febre durante dois anos, um breve delírio dos sentidos, um véu de ilusão. A força da teoria — sequer uma teoria, mais um mecanismo de encadeamentos lógicos, em que a vida se reduz a meia dúzia de estímulos e respostas — suplantou o senso banal de realidade. A criança parece não responder ao seu afeto; vive na sua própria redoma — parece que nada do que há em volta toca a ela de fato. As palavras são breves sílabas rotas, mais um exercício da voz que a criação de referências concretas. Mas o pai não desistiu ainda, embora a força não seja mais a mesma — é a mãe que sustenta aquela máquina interminável de estímulos, agora também com a filha para cuidar. O pai, nômade, chucro, já sonha em segredo com um horizonte de escape, eu não nasci quadrado, ele quase repete em voz alta o chavão idiota na quarta cerveja aberta, no bar, tarde da noite. O primeiro olhar da filha ao pai, na mesma maternidade, na mesma porta basculante, nas mãos do mesmo médico desagradável, na mesma hora e com os mesmos sonhos à espera, agora cheio de pancadas e cicatrizes, mas sonhos ainda, o olhar duro dos olhos negros e vivos da criança espetava os olhos do pai aflito, de novo o desenho de um cartum: era uma criança normal que você queria? Aqui estou eu.

Quem precisa de normalidade é o pai, não os filhos, ele pensará anos depois, avaliando com frieza aquele jogo de cálculos em que crianças são investimentos culturais e afetivos, projeções pragmáticas de suas grandes e geniais qualidades, em que viveu anos soterrado. Bem, é fácil ser altruísta quando os filhos ajudam, ele contrabalança, pela primeira vez na vida sentindo o fel do ressentimento — mas ele sabe disso, sabe o que é esse sentimento azedo; não é mais uma vontade de choro, de ocultação, de desaparecimento na névoa do desespero; agora é um sentimento desagradável mas ativo, um desejo de pisar sobre seus inimigos imaginários, todos esses pulhas que — que o quê? Quem? Você está sozinho, exatamente de acordo com os seus planos. Mais ainda agora: o guru da infância não vai salvá-lo ou resgatá-lo; o mundo dele, aquela utopia rousseauniana, ficou para trás, e você não tem nada para pôr no lugar.

Aquilo era falso como um jardim da Disneylândia. A natureza não tem alma alguma, e, deixados à solta, seremos todos pequenos e grandes monstros. Nada está escrito em lugar nenhum. O dia que amanhece é um fenômeno da astronomia, não da metafísica. Você tem a ciência, que acaba de descobrir nas frestas do curso de letras, as delícias da linguística como porta de entrada para pensar o mundo, mas isso apenas desmontou ainda mais a sua sagração da primavera — agora é o momento da ressaca. Você está ressentido. Ainda não é um escritor, mas sempre soube dar nome às coisas: essa é minha qualidade central, ele pensa. Dar nome às coisas. Escrever é dar nome às coisas. Ele não pode dizer: dar nome às coisas tais como elas são — porque as coisas não são nada até que digamos o que elas são. Que coisa é o meu filho? Até aqui, uma miragem, ele pensa — a nicotina nas pontas dos nervos, aquela fumaça que ele sorve, não relaxa mais; é uma ponta de ansiedade e de depressão que ele aspira, pensando no poder da química e divagando, como desculpa — tudo é química, não somos nada, o que é um álibi vulgar.

Somos, sim: ali está meu filho estudando o melhor modo de subir no banco do carro, as mãos e os pés tateando o caminho quase que por conta própria, sem o auxílio da cabeça. Pensa na teimosia: o seu filho é teimoso. Faz parte da síndrome, ele sabe, a circularidade dos gestos e das intenções, que se repetem intensivamente como um disco riscado que não sai de sua curva — mas o pai também é teimoso, e mais obtuso ainda, porque sem a desculpa da síndrome. Na verdade, protege-se na teimosia; às vezes simula que é um personagem trágico que não pode deixar de fazer o que faz porque o destino é inexorável, o que é uma fantasia absurda: o grau zero da crença, o vazio da cosmogonia, um abismo de tempo entre ele e os gregos — e no entanto fantasia para si o delírio trágico: nada do que não foi poderia ter sido. Só a frieza do olhar de fora pode dar essa dimensão à vida — aqui, agora, ele está no olho do furacão de si mesmo, e a vida jamais pode ser estetizada, ela não é, não pode ser um quadro na parede. Essa, sim, é a suprema alienação, ele pensa, retomando uma das palavras dos anos 1960, que se repetiam como mantras: alienado, alienação. O que, na sua memória difusa, seria alguma coisa contrária à autenticidade; o homem autêntico *versus* o homem alienado. Ideologia: essa palavra que ninguém sabe o que é e usa a torto e a direito. Processo de ocultação da realidade. Como assim? Processo de ocultação da *verdadeira* realidade? — alguém teria de esclarecer. Cristãos e marxistas no mesmo barco metafísico. A verdadeira realidade é o tempo, a única referência absoluta, ele divaga, sentindo a própria ferrugem. O inexorável é a transformação: qualquer uma. O filho estica o braço e eleva o próprio corpo à altura do estribo do fusca: ele vai conseguir entrar ali, avalia o pai. Lembra de uma das fotografias que tirou, a criança de macacão azul engatinhando sobre a mesa — um belo enquadramento, equilíbrio de cores, a nitidez do rosto contra o fundo *flou*. Sim, parece uma criança normal. Ele é que não parece normal, estendendo a foto a uma conhecida, ao mesmo tempo orgulhoso e inseguro do filho, à espera, ele próprio, de uma legitimação do seu sonho. "Sim, de fato, ele tem os olhos meio vazios" — como se ela não falasse ao pai, mas ao cientista que ele próprio tentava simular: jamais esqueceu a dor seca na alma ao ouvir aquela observação estúpida, porém tranquila, de alguém que também tem planos de não se enganar e não enganar na vida. Sim, os olhos. Tudo funciona mal na síndrome. O mundo que ele vê não é o nosso mundo. Ele não vê o horizonte; nem o abstrato, nem o concreto. O mundo tem dez metros de diâmetro e o tempo será sempre um presente absoluto, o pai descobrirá dez anos mais tarde.

Eu também estou em treinamento, ele pensa, lembrando mais uma recusa de editora. A vida real começa a puxá-lo com violência para o chão, e ele ri imaginando-se no lugar do filho, coordenando braços e pernas para ficar em pé no mundo com um pouco mais de segurança. Uma sucessão de fatos desencontrados: as viagens a Florianópolis para o mestrado que ele começa a fazer farejando algum futuro de sobrevivência e de transformação da vida, a crescente insegurança, o medo cada vez maior de enfrentar uma nova vida, dar um passo à frente, livrar-se de fantasmas. Um instante de rompimento, como outros de sua vida, sempre marcantes. A única coisa que o sustenta é uma autoestima quase teatral, que beira o ridículo, uma vaidade bruta e encapsulada que ele disfarça bem, uma certeza louca de seu próprio destino, e a própria ideia (na verdade, uma sensação secreta) de que há um destino. Mas, por via das dúvidas, é preciso se mexer. Lembra do primeiro momento em que o sonho, de fato, acabou. Dissolvida a comunidade de teatro em que ele se sentia paternalmente protegido pelo guru, suficientemente protegido para exercer a sua anarquia bem-humorada, às vezes grosseira, ou mesmo estúpida, dos que se sentem protegidos pela boçalidade do grupo de contato e não por uma ideia de sociedade, houve o momento de pôr em prática o ideário neomedieval de viver na escala do camponês, agora sozinho. No caso dele, seria o artesão dos mecanismos, o relojoeiro. E numa pequena cidade, também na escala humana, conforme o sonho humanista de sempre. Platão não havia escrito que a República ideal teria 2.000 habitantes? O que eu tinha na cabeça, em 1976, quando voltei da Europa? — ele se pergunta, sem entender, anos depois. Nada: um sonho movido a medo, de certa forma a mesma criança cabeceando para não enfrentar a vida. Rompimento: pintar ele mesmo uma placa poética, em homenagem a García Lorca — *CINCO EM PONTO* — *Conserto de relógios*. Alugar uma porta na rua principal, assinando um contrato, o primeiro de sua vida. Colocar seu diploma de relojoeiro do Instituto Brasileiro de Relojoaria numa moldura e ostentá-lo na parede, para preocupação do outro relojoeiro da cidade, sem diploma, mas infinitamente melhor do que ele. Aos 23 anos de idade, segundo grau completo, leitor de Platão, Hermann Hesse, Drummond, Faulkner, *O Pasquim*, Huxley, Dostoiévski, Reich e Graciliano, com um livro de contos inéditos na gaveta — *A cidade inventada* —, coloca a placa recém-pintada na porta oitocentista de dois metros de altura, no centro de Antonina, Paraná, vai para trás do pequeno balcão, ajeita suas ferramentas, lentes e fornituras na mesa e aguarda, sentindo o frio na barriga de seu enfrentamento solitário do mundo, que algum dos 3.000 habitantes da cidade lhe traga um relógio para conserto.

O filho finalmente subiu no banco do lado do motorista, escalando a montanha com a gana de um réptil, pernas, coxas, braços e mãos colando-se no vinil em cada avanço milimétrico. A distância, o pai vigia — tudo vai bem, exceto ele próprio, que fuma e pensa na encruzilhada em que está. São dois livros inteiros na gaveta; são dois filhos, esses de carne e osso, um deles ali diante dele, tentando ficar em pé no banco que escalou. Ouve o ruído da serraria, já parte do pano de fundo de sua vida. A turbulência dos ritos de passagem — mais um momento de rompimento; parece que agora os intervalos estão mais curtos entre um e outro. Sente cansaço, mas ainda tem energia de sobra aos 30 anos — é preciso decidir o que fazer da vida e se sente dolorosamente incapaz de sobrevivência. Dinheiro: é preciso ganhar dinheiro. Pensa na perspectiva de se tornar professor, logo ele, que jamais entrou numa sala de aula com uma lista de chamada na mão. Era sempre o que sentava lá no fundo, perto da porta de saída. Há um concurso em vista em Florianópolis — se aprovado, será mais um dos milhões de funcionários do Estado. Por uma boa causa, ele supõe — talvez o trabalho de professor seja o único decente que ainda resta no país, ele fantasia, em causa própria. Ao mesmo tempo, intui uma mudança de vida que é incapaz de verbalizar mas sabe o que é: ir embora. Não tomar nenhuma iniciativa, mas deixar que a deriva da vida o empurre para outra direção — largar mulher, filhos, sobradinho, passado; recomeçar a vida passando-a a limpo, mais uma vez. Foda-se, exaspera-se ele, claustrofóbico, acendendo outro cigarro e pensando na cerveja da noite, enquanto o filho, agora, se apoia firme no encosto do banco, já em pé. Dinheiro: o dinheiro no país não vale nada, já há muitos anos — o dinheiro não tem nem nome mais, aquele trem de zeros, uma republiqueta de Weimar empurrada com os bigodes, mas com a sólida e desvairada correção monetária do capital, para quem o tem. Quem não tem, como ele, resta o balcão do banco, onde levou o carnê da prestação do sobradinho e descobriu que, por cabalas da economia, a prestação dava um salto de quase 200%; não há nem a mais remota relação entre as coisas e o que elas valem ou custam: tudo é vento. Comprou por cem, pagou trezentos, deve novecentos. O que era para ser um plano habitacional destinado à população de baixa renda foi se transformando numa extorsão em favor da classe média alta, num golpe destinado a arrancar do Estado o subsídio de promoção do abismo social, que agora, no século XXI, cobra a conta, ele pensará anos depois, tentando entender o imbróglio brasileiro. "Não vou pagar essa merda", ele diz à funcionária do banco, que, zelosa, esquece o palavrão e lembra a ameaça:

— O senhor vai perder sua casa.

— Pode levar.

Diga não, e aguente o tranco. Calculou com a mulher, lápis e papel na mão, fantasiando alguma saída honrosa: se eles demorassem um ano para tirá-los dali, o sobradinho já teria sido um negócio razoável, trocando tudo o que investiram em aluguéis mensais. Ainda tentou vendê-lo — a melhor oferta foi um escambo: um Chevette de suspensão rebaixada, tala larga, rodas de alumínio, uma Nossa Senhora pendurada no retrovisor, tudo em troca da dívida, mas ele, burro, achou pouco. Mais um pouco, cartinhas do banco se empilhando na gaveta, só curiosos vinham conferir o pequeno desastre anunciado nos classificados. Mudaram-se dali e emprestaram a casa vazia a um amigo que vendia pôsteres na rua, com mulher e filha — enquanto não tirarem vocês daí, vão ficando. Só paguem a luz e a água. Se alguém perguntar, digam que vocês não sabem para onde fomos. Página quase virada, ele, agora professor em Florianópolis, recebe o telefonema da mulher: um oficial de justiça quer que a ré — afinal, a responsável pelo imóvel é ela, não ele, o marido então desempregado — assine um papel. "Mas como ele te descobriu? O Paulo Maluf continua solto!", ele se lembra de brincar. E continua: "Pegue o Felipe no colo e faça ele chorar bastante! Talvez o homem se comova." Um clima de Charles Dickens relido por Groucho Marx. O banco, é claro, impessoal e onipresente, quer extorqui-los até a alma, cada centavo real ou imaginário; a proposta de acordo é obscena. Há gente entrando em massa na justiça contra o aumento extorsivo (e ganharão as ações, décadas depois, no passo obtuso, de lesma, da justiça brasileira), mas o pequeno bugre anarquista, já querendo dar as costas para a própria história de uma vez, imaginando aqueles trinta anos pela frente lidando com papel, advogado e todos os filhos da puta possíveis e imagináveis que existem para infernizar sua vida, dívidas empilhadas que ainda podem reverter lá na frente contra ele, tudo por um sobradinho de merda que não vale nada, desiste. Ele descobre que é suficiente devolver o imóvel — uma certa "dação em pagamento" é a figura jurídica mágica para promover o óbvio, desde o código de Hamurábi: se não posso pagar, devolvo, como recebi. Talvez antigamente eles cortassem o braço do devedor, para aprender a lição, mas hoje basta continuar pobre. Ele mesmo redige com toques de escritor a proposta de dação em pagamento na máquina de escrever, transcrevendo o número e a letra da lei. Quase colocou na última linha do ofício: E fodam-se. Resolveu-se enfim, para todo o sempre, o problema que ele mesmo criou sozinho, idiota, três anos antes, numa tarde de sábado, diante da oferta irresistível da imobiliária. O sobradinho, agora nas mãos do banco, voltará enfim ao seu valor concreto, de compra e venda real, à margem do desvario financeiro — isso se quiserem livrar-se dele.

O filho enfim alcança a direção do carro, torce para um lado, para outro, imitando o pai, até que descobre a buzina. Começa a buzinar. Feliz com a descoberta, passa a buzinar ininterruptamente. O pai vai até ele: "Filho, pare com isso." O filho não ouve — buzina, grita, a mão esquerda firme na direção. O pai tenta tirá-lo dali, primeiro delicadamente. "Filho, olhe para mim." O filho é forte — os estímulos deram resultado. A mão agarra firmemente a direção — para de buzinar, e agora segura a direção com as duas mãos. Ele não quer sair dali. Os olhos meio vazios, ele lembra, e se irrita. A dimensão cumulativa do fracasso, talvez o pai pensasse, se pensasse agora, mas ele está do outro lado da mesma roda em que se agarram. A teimosia: ele não consegue sair de seu próprio mundo, que em momentos entra em compulsão circular, como agora: é preciso força para tirá-lo dali. Pai e filho são parecidos, espelham-se naquele instante violento e absurdo — o filho volta a buzinar, olhando para a frente, motorista imaginário de uma corrida mental em que ele se vê, talvez, como adulto, e o adulto, criança, não se vê, enquanto tenta tirá-lo dali, já um pouco mais violento — puxa o filho pela cintura, que não larga a direção e a buzina, em golpes, para voltar à direção com as duas mãos, a boca fazendo o ruído de um motor. O filho enterra o pé entre os bancos, para melhor firmeza, e volta a buzinar. Puxa o filho com violência, mas o menino não larga a direção, dedos em garra — antes, olha para o pai como se o visse pela primeira vez na vida, o espanto diante de um mundo incompreensível, uma face sem sentido diante dele, mas tenso, uma eletricidade que certamente chega à sua alma nublada, mas não larga a direção; aferra-se a ela com um desespero absoluto. Não há mais razão para tirá-lo dali — talvez ele não volte a buzinar — mas o pai, agora, entrou na circularidade de seu desespero. Tirar o filho dali é uma questão... de quê? Não há razão envolvida. "Saia daí!", a voz, violenta, dura, é a última represa do gesto, que virá, contra aquele que olha para ele sem reconhecê-lo, e que é incapaz de verbalizar;

ele é incapaz. Mas aferra-se à direção, olhos vazios nos olhos cheios do pai, que enfim explode — como se a mão de seu próprio pai estivesse ali de novo reatando o fio da violência que precisaria se cumprir por alguma ordem divina, a ordem do pai. Ele bate no filho, uma, duas, três, quatro vezes, e até que enfim o filho larga a direção, e, indócil no colo do pai que se afasta dali com a rapidez de quem quer escapar da cena do crime, olha para aquele rosto, que continua sem sentido. O filho não chora. Depois que seu filho deixou de ser bebê, o pai jamais o viu chorar novamente. Sua face no máximo demonstra um espanto irritado diante de algo incompreensível, um sentimento difuso que rapidamente se dilui em troca de algum outro interesse imediato diante dele; como se cada instante da vida suprimisse o instante anterior.

De volta a Coimbra, estende contra a luz o envelope estufado, tentando decifrar algum segredo — ele apalpa antes de abrir, e parece que há algo diferente nele. Dinheiro. É uma nota de cem dólares, protegida por duas folhas de papel dobrado, junto com a carta do cunhado que financiou sua viagem a Portugal e financiará seu retorno ao Brasil, quatorze meses depois de chegar, numa passagem da Varig comprada em doze prestações. Era um mundo tão tranquilo que se desembarcava na Europa só com passagem de ida e alguns dólares no bolso. Até sem nada. Alguns anos mais tarde, vai descobrir que aquela maravilhosa nota de cem dólares, e outras que se seguirão mensais para pagar a pensão da rua Afonso Henriques — que ele, soldado do bem, fiel ao seu projeto de pobreza franciscana, trocará por escudos no banco, e não com cambistas, para ajudar a reconstrução portuguesa após a Revolução dos Cravos, conforme pedido de um dos governos provisórios de 1975 — vieram diretamente do butim de um político paulista, cleptocrata à antiga, com cofre secreto no apartamento da amante, que, afinal, entregou inadvertidamente o local do tesouro a alguém atento, como num bom filme de espionagem. Na *holding* revolucionária que se formou para "recuperar o dinheiro do povo" participaram membros de praticamente todas as organizações clandestinas, entre elas o MR-8, de que seu cunhado participa ativamente — seu consultório de dentista no oeste do Paraná estoca armas contrabandeadas no forro do telhado para a eclosão de, quem sabe, um outro foco guerrilheiro que há de derrubar os gorilas da direita e instaurar a tão sonhada nação socialista brasileira. O rocambolesco roteiro que o dinheiro tomou com suas subsequentes divisões e partilhas reserva uma pequena parte para aquele foco menor, e algumas notas soltas destes recursos não contabilizados da época foram parar nas mãos do escritor lúmpen de Coimbra, por ironia — ou por fidelidade ao seu projeto alternativo neo-hippie — completamente descrente de qualquer tipo de solução armada para a vida dos homens. Nas livrarias da Coimbra sem censura e livre de uma ditadura praticamente milenar por uma revolução branca em Portugal, mas com o sangue de milhares de mortos no quintal da África, ele folheia espantado o *Manual da guerrilha urbana*, de Marighella (que trinta anos depois, por acasos e vias tortas, inspirará comandos de traficantes semianalfabetos nas grandes cidades brasileiras), e nos cinemas assiste a filmes como *Decameron*, de Pasolini, e *Estado de sítio*, de Costa-Gavras, proibidos no Brasil. Numa das cenas de *Estado de sítio*, vê uma aula de tortura com uma bandeira brasileira ao fundo; um dos cadetes da lição não suporta o que vê e sai para vomitar. Há como que um processo de emburrecimento geral, em que Estados funcionam irracionais como pessoas, e pessoas agem com a racionalidade de Estados. Ninguém está fora desta rede, mas todos vivem uma exasperante limitação na alma para entender todas as variáveis do instante presente. Uma das pontas longínquas da máquina infernal brilha agora em sua mão, em outubro de 1975, uma nota de cem que passou das mãos de algum empreiteiro para o bolso de um governador, que enche o cofre, e dali, seguindo a logística operacional do assalto libertador de que participa alguém que, trinta anos depois, será ministra de Estado, segue para as mãos de organizações no Chile, empilhando-se com outras notas de cem sob o controle de outros revolucionários; uma parte desse despojo de guerra vai em sacos verdes para a Argélia, outra segue para a Argentina, de onde, notas ocultas na sola de um sapato militante do filho proscrito de um general do Exército brasileiro, chega em capítulos palmilhando até Medianeira, onde um dentista anônimo terá a tarefa revolucionária de trocá-los em segurança por dinheiro brasileiro, para novo rumo, em direção a São Paulo e Rio. Cinco ou seis dessas notas desgarram-se para Coimbra. Feliz, com a inocência impossível de um personagem de Sartre, o futuro escritor as contempla sempre que chegam, contra a luz (alguém lhe disse que, se não for falsa, deve aparecer uma imagem translúcida que ele nunca viu), todos os meses, até a viagem de volta.

Que não demorou muito. Quando finalmente a Universidade de Coimbra reabre as portas aos calouros depois do "saneamento" que se seguiu à Revolução dos Cravos, em janeiro de 1976, assiste a algumas aulas caóticas com duzentos alunos em anfiteatros imensos — e mais uma vez vive o sentimento claustrofóbico de que tem de respirar em outra parte. Súbito, detesta Coimbra. De repente, parece que tudo ali lhe faz mal — a solidão brutal, principalmente. Está cansado de estrangeiros. Até o sotaque lusitano o irrita. Aquele conservadorismo pesado; aquelas mulheres de preto; aquela gosma da Idade Média; os chavões da esquerda. Os chavões da direita. Lá está ele, de novo solitário, metaforicamente com a mala na avenida Brasil, tomando o ônibus de volta.

Anos depois, novamente descentrado, livre da experiência do sobradinho e com nova vida — solitária — em outra cidade, ele se afasta do filho por dois anos, a família dividida se encontrando em fins de semana. Nada é verbalizado, mas sente que aquela vida ainda estável está por um fio. Talvez seja ele mesmo que precise de tratamento, não o filho, ele volta a imaginar. Pela primeira vez, aos 34 anos, tem uma carteira de trabalho assinada e recebe um dinheiro fixo no final do mês. É um funcionário do Estado — o sonho secreto de nove entre cada dez brasileiros. Vive a breve euforia de alguém enfim entregue ao sistema, sentindo algum gostinho de estabilidade e respeitabilidade, em pé diante do quadro-negro. Ele imagina que tem algumas coisas a dizer, não sobre o mundo, mas sobre as formas da linguagem. Por pouco tempo, entretanto — mal começa a dar aulas e uma greve interminável se arrasta por cem dias do último governo militar, dias que ele aproveita para escrever mais um romance, *Aventuras provisórias*, o terceiro inédito, que vai se empilhando na gaveta. Termina em quatro meses — o livro mais rápido de sua vida. A recusa das editoras também é rápida — também empilha as cartas na gaveta. À noite, bebe cerveja, ri muito, como sempre, e xinga os editores, todos eles, de filhos da puta. Nos fins de semana, reencontra a família. Em Curitiba, o menino vai para a creche junto com a irmã, e o contato social faz bem. O treinamento massacrante dos primeiros anos ficou para trás, mas o resultado (o pai imagina) deixou boas marcas: o menino tem uma boa saúde, um andar equilibrado, postura razoavelmente firme, uma relação social maravilhosa e um interminável bom humor. O problema é que não para quieto.

Mas é preciso conhecê-lo, senti-lo. O pai, sempre que pode, nos encontros mais raros desses dois anos, fala incansavelmente com o filho, verbalizando tudo o que faz, a todo momento — talvez, ele desconfia, pela mágica do som das palavras que ouve, a criança absorva alguma semente da linguagem que a natureza ainda não lhe deu, como a boneca Emília de seu Monteiro Lobato da infância, ele lembra (e reconta a história), que ganhou uma falinha de um papagaio e não parou nunca mais de falar. Observa o filho e tenta entender aquela outra viagem solitária diante dele. Os liames sutis e misteriosos com o mundo em torno: é isso que falta. A percepção dos outros, a intuição da mera respiração alheia, as entonações do mundo, esse recorte silencioso que vamos fazendo das figuras que se movem no palco para nele encontrar nosso lugar de atores — alguma coisa exasperante falta no seu filho incompleto, que é uma máquina de se mover, a um tempo obtuso e gentil no seu contato com o mundo. E incansável — duas vezes derrubou o aparelho de televisão, felizmente sem quebrar o tubo de imagem.

Alguém aconselha uma fonoaudióloga. Ele não acredita muito — charlatão, inventa teorias para justificar-se. Na teimosia autossuficiente de sempre, imagina que é inútil pretender queimar etapas se a criança não tem ainda maturidade neurológica para o domínio da fala; treinamento de voz deve ser uma atividade consciente, não mecânica; resiste até mesmo à ideia de que a fonoaudiologia seja uma ciência — talvez a mera aplicação de uma técnica, que, no caso de seu filho, será inútil. O pai está irritado, o que acontece cada vez com mais frequência nesse momento de sua vida. Ao anoitecer, vai levá-lo com a mãe à fonoaudióloga e assiste a uma sessão, praticamente de tortura — a criança não obedece, não se concentra, não ouve, e tem sempre pronta uma ação disparatada para mudar o rumo do que deve fazer. O pai está irritado porque não tem mais paciência de acompanhar aquela aporrinhação, que ele imagina vazia de sentido. As coisas que dizem que temos de fazer e então fazemos. De novo volta-lhe a antiga sensação de vergonha, que ele imaginava superada — basta estar com o filho e alguém estranho ao lado. É assim, ele mesmo pensa, que a máquina do isolamento começa a funcionar. Na outra cidade, ele praticamente esquece que tem o filho — parece uma boa sensação, embora ele não pense nisso. Parece que é mais feliz sozinho, mas a verdade é que se sente num limbo estranho, vivendo em lugar nenhum: todos os projetos vão dando em nada, livro após livro; até a ideia de construir uma casa alternativa num terreno comunitário que comprou a preço de banana numa bela costa de lagoa vai se esfarelando por uma sucessão de pequenas incompetências (na verdade, ele ainda não sabe, mas a alma já sabe, que não é aquilo que ele quer); continua com a vaga ideia do fantasma dele mesmo, de realimentar o sonho romântico já com as pequenas vantagens de uma classe média ansiosa simulando contato com a natureza (vê o seu filho crescendo feliz no gramado verde de Walt Disney, o triciclo na garagem, os amiguinhos simpáticos e compreensivos — e não pequenos monstros em estado bruto, ele descobrirá poucos anos depois, quando uma criança de rua catando lixo, diante daquele menino estranho que, sorrindo, afastou-se dos pais e avançou com a mão estendida para cumprimentá-lo, fugiu correndo de medo) — uma vida mais primitiva, um ideal mais comunitário, ele repete as frases feitas da publicidade, mergulhando já no cinema dos anos 1980, quando os marginais de dez anos antes começam a ganhar dinheiro e, como Deus criando o mundo depois de uma eternidade em silêncio, acham enfim que isso é muito bom. Tudo é falso, mas ele não sabe ainda, vivendo ao acaso, como sempre; o único foco real de sua vida é escrever, já como um escapismo, um gesto de desespero para não viver; começa lentamente a ser corroído pela literatura, que tenta lhe dar o que ele não pode ter por essa via, que é um lugar no mundo; cada livro é um álibi, um atestado de substituição — a única coisa que lhe sobra de sólido é uma carreira acadêmica que ele vai sentindo como mesquinha, miúda, irrelevante, sem saída, um gigantesco aparelho estatal de conhecimento, ironicamente consolidado pela ditadura (da qual, pouco tempo depois, todos sentirão falta, por não saber o que fazer num mundo aberto), educando-nos para a obediência sindical e afundando-se, ano após ano, numa inacreditável falta de imaginação — mas ele sabe, na obsessão de tentar não mentir, que o problema é dele, a desconcentração é dele, o fracasso é dele e intransferível.

Ali está o pai com o filho idiota diante da fonoaudióloga. Quase esquece que tem uma filha normal que precisa dele também, talvez muito mais que o filho — mas crianças normais só precisam de água, que elas vão crescendo como couves, ele imagina. É como se (o velho álibi) antes de qualquer coisa ele precisasse se reencontrar, para só então estar apto a cuidar dos outros. O problema é que não há tempo para nada, ou, dizendo de outro modo, a única coisa que acontece é o tempo, mais nada — essa a sensação devoradora. Sim, a criança não se concentra muito, diz a fonoaudióloga, e ele se afasta dali quase arrastando o filho, e no corredor como que sente o olhar agudo dos outros para o pai que leva aos trancos uma pequena vergonha nas mãos, incapaz de repetir duas ou três palavras numa sentença simples. (E no entanto a criança abraça-o com uma entrega física quase absoluta, como quem se larga nas mãos da natureza e fecha os olhos.)

Está anoitecendo, é uma sexta-feira fria e agitada. Vai se sentindo de novo o personagem de um cartum, mas agora sem nenhum humor. O carro velho, aquela merda amarela, custa a pegar. A mulher diz alguma coisa que ele não ouve, obtuso — sente um rancor mal digerido na alma, um desconforto na pele, um desejo mortal de fugir. No banco de trás, o filho está finalmente quieto. Lembra — e a simples lembrança angustia--o ainda mais — da noite em que quase morreu esmagado pelo próprio carro, como alguém que conspira contra si mesmo. Chegando bêbado em casa, desceu para abrir o portão; o carro começa a se mover de ré, com o freio de mão mal puxado; ele corre, abre a porta e, ao esticar o pé para alcançar o pedal do freio, tropeça e cai — uma perna dentro do carro, outra fora, sendo arrastado de costas no asfalto, sem forças para se erguer e sair de sua própria armadilha. A mulher (que não dirige) pulou do banco de trás (onde estava com a filha bebê) e conseguiu alcançar o freio com o pé. Ele já estava com as costas sangrando, camisa rasgada no asfalto. Não havia ninguém na rua que pudesse ajudá-lo, parar o carro que, recuando lento, aumentava progressivamente de velocidade — ele sentiu o frio na barriga ao imaginar-se morto naquela descida sem freios. É fácil assim, ele irritou-se, como quem perdeu a batalha, o profundo desconforto de quem não suporta a simples ideia de um único arranhão em sua imagem. O arranhão agora era na carne mesmo, escoriações, sangue, dor — uma coisa mínima, mas ele é delicado demais. Isso dói. Entrando em casa, ele lembra, berrou um rosário de palavrões contra tudo, principalmente os que aprendeu na Alemanha do espanhol mais boca-suja que ele jamais conheceu na vida — *Me cago en Diós, en la Santíssima Trinidad, me cago en la hostia...*

Ele não sabe, mas agora, manobrando para sair daquele pátio escuro, no silêncio pesado que ele mesmo instaura, está próximo de outro momento-limite, daqueles inesquecíveis, que pela completa falta de sentido acabam por fincar um marco na vida e dar a ela alguma referência.

Numa passagem adiante, de uma pista para outra, antes de avançar, espera que passem os carros da preferencial. Alguém buzina atrás, uma buzina um breve tempo mais longa do que seria razoável — ele fecha os olhos e se debruça sobre a direção. *Eu vou matar esse filho da puta.* Ouve de novo a buzina, agora ostensivamente agressiva. Respira fundo — os carros continuam passando na preferencial; não há como ele avançar. Abre-se uma brecha, mas insuficiente; o seu fusca não tem torque e ele sempre calcula um largo espaço para avançar com segurança em situações semelhantes. Agora a buzina é frenética. Ele abre a porta do carro — a mulher diz algo certamente sensato que ele não ouve — e avança para o carro da buzina. Descobre que é um senhor engravatado e, agora, visivelmente assustado com o jovem marginal que surgiu ofensivo diante dele. Ele não vê, mas seu filho tem a cara grudada no vidro de trás, contemplando com profunda atenção a obra do pai: aquilo, sim, a criança absorve pelos poros, apreende cada gesto, respira a mesma intenção, assimila a aura, os olhos abertos na admiração incondicional. O pai se inclina em direção à janela do homem, que se encolhe assustado, as mãos na direção, e diz, a pressão já no limite, bufando: Por que o senhor não pega essa buzina e enfia... e segue-se uma fieira de ofensas inacreditáveis, em voz muito alta, para que aquele filho da puta saísse do carro; venha aqui, seu porra! — ele queria matá-lo; pensou em puxar o velho pelo colarinho, arrancá-lo pela janela, como num desenho animado, também para matá-lo. O homem balbucia — o senhor é muito mal-educado! — uma frase absurda, ridícula, a voz rachada, quase infantilizada, que o desarma; como se ele fosse devolvido súbito à arena da civilização, em que se trocam argumentos, ponderações, pensamentos, equações abstratas e não porradas; mal-educado é o senhor, seu... e voltam os palavrões para realimentar a pressão, enquanto o homem finalmente tira a mão do volante, aproveitando um segundo em que o jovem afasta a cabeça, e gira rapidamente a manivela do vidro para isolá-lo daquele pequeno monstro que não para de ameaçá-lo. Ao largo, carros buzinam mais ainda, amontoando-se atrás; outros saem da fila e passam direto aos gritos. Há como que uma excitação de gorilas ao entardecer, todos batendo no peito aos urros, cada um deles com um carro na mão. A pressão cai, e o escritor volta ao seu fusca já derrotado pelo ridículo do próprio gesto, a alma desabando a zero e ele tentando se agarrar a alguns fiapos de argumento que justifiquem nem mais o que fez, mas a merda da sua vida, com sua engrenagem torta de absurdos. Não tem tempo de pensar — súbito, percebe que seu filho passa a gritar "puta", com uma eficácia articulatória que a fonoaudióloga foi incapaz de arrancar dele, a quem quer que esteja ao lado de sua janela, motorista ou passageiro, na sequência de engarrafamentos daquela avenida. O pai estaciona o carro no primeiro espaço vago, respira fundo, volta-se para o banco de trás e tenta explicar ao filho que ele não deve fazer aquilo, mas o filho está agitado demais para ouvi-lo. É preciso esperar um pouco, olhar bem nos olhos dele, segurar sua face com ambas as mãos — "Olhe para mim, filho" — e então repetir que ele não deve fazer assim. "O pai errou, filho", confessa, em voz baixa. Repete várias vezes que ele não deve fazer assim. Enfim a criança se acalma. Há um carrinho de plástico no banco — o menino se desliga do pai, volta-se para o brinquedo e se concentra nele com atenção, balbuciando diálogos incompreensíveis mas tranquilos, enquanto a mão desliza vagarosa o carrinho sobre a perna.

O menino frequenta a mesma creche da irmã, o que é ótimo. Vão juntos, voltam juntos. A vida parece encontrar outro ponto de estabilização, o pai de volta a Curitiba. Seis anos depois de escrito, *Trapo* é finalmente editado em São Paulo por uma grande editora, e tem boa recepção crítica — e as condições turbulentas em que foi escrito não existem mais. Embora ele resistisse a admitir se alguém lhe colocasse a questão, é agora um homem perfeitamente integrado ao sistema, pelo menos ao sistema de produção de conhecimento que a universidade representa. Como se a vida de fato imitasse a arte, vai se transformando no professor Manuel de seu próprio livro, criando barriga, descobrindo os prazeres da sociolinguística e o sabor da rotina. A rotina é uma máquina extraordinária de estabilidade e a condição básica de maturidade emocional e social — ele dirá, anos depois, pensando não em si, mas no filho. A rotina diária dá ao menino um eixo tranquilizador. A criança ainda não tem (a difícil) noção de "ontem", "hoje" ou "amanhã" — a vida é um presente perpétuo irredimível, como num verso de Eliot, mas sem o seu charme; o tempo é um "em si" não angustiante, o espaço imediato em que o menino se move, e mais nada. Como num jogo de armar, na sequência de fatos, eventos e coisas a fazer que recomeça todos os dias pelo espírito de organização da mãe (e não do pai), Felipe começa a se educar e a descobrir, de forma cada vez mais precisa, os seus limites.

Há uma ilusão de normalidade em curso, o que o impede de pensar mais detidamente no filho. A creche que ele frequenta é de crianças normais, frequentada por filhos de uma certa classe média urbana mais ou menos esclarecida, com dinheiro para pagar e uma cartilha de boas intenções humanistas na bolsa. Aos 4, 5, 6 anos, o menino convive sem grandes traumas com outras crianças de mesma idade — certamente gira em torno um discurso bem-elaborado de compreensão para as diferenças, um discurso que vai, ano a ano, promovendo uma boa modificação na percepção coletiva dos diferentes e dos à-margem, um fenômeno que crescerá com consistência ao longo dos últimos vinte anos do século XX, pelo menos nas cidades maiores e nos ambientes de classe média. Em qualquer caso, é sempre a escola o agente civilizador, mesmo para os ricos, que, ele imagina, no Brasil parecem perfeitamente corresponder ao imaginário coletivo que se criou em cinco séculos: na sua parte visível, é uma elite tosca, com frequência grotesca, de uma ignorância assustadora, renitentemente corrupta e corruptora e instalada capilarmente em todos os mecanismos de poder do país, que por sua vez se fundem na outra ponta com a bandidagem em estado puro — ele discursa para si mesmo, enquanto se preocupa vagamente com o destino da universidade pública brasileira em assembleias quase sempre agitadas por bandeiras ineptas, profissionalizadas pela truculência sindical, e por professores incompetentes. Confere o contracheque no final do mesmo mês em que fez greve, assiste com algum entusiasmo às conquistas da Constituinte de 1988, tentando não pensar muito no papel dos que voejam em torno do púlpito do *Jornal Nacional*, à noite, todas as velhas figurinhas carimbadas da época da ditadura, aquela altissonância ridícula dos discursos, todos eles, à esquerda e à direita — palavras que há décadas já não significam nada (e isso até é bom, ele concede) —, aparentemente em torno de coisa alguma. Não exatamente: ainda que para o país tudo tenha dado errado, todos sabiam muito bem o que queriam, e o conseguiram de fato, ele se espantará, anos depois. O único idiota ali era ele, parece — mais que o filho, que, afinal, não tem o dom de compreender. Os "pactos nacionais" que surgem de seis em seis meses são sempre em defesa do Estado e de seus aparelhos, no que todos concordam, e o país teima, década a década, em não sair do lugar — quando se move, é para trás. Cruzadas medievais de reforma agrária, revolta dos traficantes da cocaína dos ricos, o modelo do massacre de Canudos como eterna inspiração da justiça e da polícia brasileiras, o vale-esmola como ponta de lança da política social do país — mas nada disso é visível ainda em fins da década de 1980. Professor universitário de uma instituição federal, tem direito todos os meses, além do salário, ao "vale-transporte" (na forma de fichinhas metálicas de ônibus dentro de um saquinho plástico, ele observa, intrigado, mas recusa-se a receber, pobre orgulhoso, porque mora perto e vai a pé para casa, como se se tratasse de um problema pessoal entre o Estado e ele) e ao "vale-alimentação", e acha isso bom e normal. Um espírito de mendicância abraça a alma nacional — todos, ricos e pobres, estendem a mão; alguns abanam o rabo. Professores se aposentam com menos de 50 anos, com vencimentos integrais e vantagens, e imediatamente vão trabalhar em instituições privadas para dobrar o salário, isso quando não fazem novo concurso na mesma universidade em que se aposentaram — e ele começa finalmente a achar que isso não é justo nem bom. Mas, todos sentem, há um grande otimismo no ar. O inesgotável poder da mentira se sustenta sobre o invencível desejo de aceitá-la como verdade.

É o que também acontece com ele, quando pensa no filho invisível. A normalidade da creche tranquiliza-o. Ainda é incapaz de conversar com as pessoas sobre seu filho; bons novos amigos que conhece e com quem convive ou se corresponde, ele oculto na confortável solidão curitibana, passarão anos sem saber que ele tem um filho com síndrome de Down, o nome que agora, em definitivo, sinal dos tempos politicamente corretos, desbancará o famigerado "mongolismo". Parece que há duas forças agindo nesse seu esmagamento silencioso da verdade. Uma delas é a boa e velha vergonha — o filho será sempre o fio de prumo de nossa competência, a medida implacável da qualidade dos pais. Sim, é claro, no caso dele há o álibi genético — coitado, ele não tem culpa — mas é uma desculpa insuficiente, parece; o filho o diminui; ele vive sob um orgulho mortal das próprias qualidades, alimenta-se delas, refugia-se nelas, ainda que em silêncio. De que adianta saber que ele "não tem culpa"? O fato de ser homem letrado e esclarecido, povoado de humanismo e civilização, não faz nenhuma diferença — emocionalmente, escritor que escolheu ser, é mais inseguro que o filho, que, é verdade, vem crescendo sob um bom roteiro.

Em tudo na vida, ele diria se pensasse a respeito (o que não faz, autista), não se julgam motivações, mas resultados. Há uma gigantesca e interminável corrida de cavalos em curso — você faz parte dela, galopando, ele se diz. De manhã à noite, todos os dias, você galopa. Sim, é claro — as pessoas compreendem. As pessoas são todas gente boa, e vão compreender. O segundo terror que o silencia é justamente esse: a piedade, o alimento da pieguice, que é a forma grudenta, caramelizada, da mentira. A metáfora para dizer não o que não pode ser dito de outra forma, mas para ocultar o que pode ser dito a seco, a coisa-em-si. A coisa-em-si: às vezes ele pensa nisso — que bicho eu sou? E o Felipe, quem ele é e como eu posso chegar nele?

A teimosia da síndrome começa a se suavizar. Lentamente o peso da civilização, esse misterioso conjunto de regras invisíveis que nos lembram o tempo todo a dimensão de uma presença alheia que preciso respeitar, mesmo que não saiba por que ou contra a minha vontade, passa a agir nos gestos do filho, a ponderar — de algum espaço escuro da cabeça — a escolha entre opções; parece, o pai imagina, que o filho já não faz as coisas porque não pode fazer diferente, mas porque escolhe fazê-las; é capaz de escolhê-las. E, o pai suspira, as escolhas cada vez mais parecem boas. O repertório ainda é pequeno, as opções estreitas, mas já há nítida a referência de uma autoridade que ele tem de pesar, cuidadoso, antes de agir. Um eixo de medida dos próprios passos, aliás cada vez mais equilibrados. O menino faz natação desde praticamente bebê, e é bom nisso. É claro que, na vida real, tudo se transforma em competição. Em eventos, encontros e concursos de natação para pessoas especiais, quase sempre desorganizados, que sempre se atrasam horas, o que transforma a festa em si — que tem o condão de elevar a autoestima das crianças — num pequeno inferno de parentes angustiados para disfarçar o mal-estar daquele pátio de milagres em que todos sorriem sem alegria, agitam-se desencontrados, elogiam-se tensos e torcem insanamente, aos gritos, pelos seus excepcionais em nome da Vitória Final, o Grande Triunfo, lá vão as crianças aprender as regras da perpétua corrida dos cavalos, que sentem dificuldade para compreender mas cuja aura assimilam instantâneas: é preciso ganhar.

Talvez seja apenas o pai que se irrita com aquele espetáculo ao avesso; talvez todos estejam realmente felizes com o encontro; ou, é mais provável, as pessoas estão todas razoavelmente bem, quando sozinhas, e sentem de fato o desejo de comunhão social que as competições representam, mas ao se agruparem sob o eco estúpido dos ginásios alguma coisa se perde, vai-se o fio da meada imaginária que as reunia; as risadas perdem a referência e o sentido, e se tornam esgares deslocados do próprio rosto. Lá está o filho, nadando na segunda raia, lento e sistemático; talvez seja apenas o pai mesmo o mal-humorado, o que vê o que não está ali, um mero encontro de famílias com um filho-problema que professores bem-intencionados promovem para a melhoria de todos. Lá vai o filho nadando, tranquilo seguindo a regra. Seu filho é incapaz de compreender verdadeiramente a abstração da disputa, a sua ideia implícita — ali o pai começa a descobrir o poder do teatro no verniz civilizador. Antes, muito antes da ideia, vem o gesto; assim como a entonação da voz chega muito antes aos ouvidos (e à alma) que o sentido e a referência do signo fechado. Nesse teatro, ele é o ator sem direção, mas respeitando a regra. Terminada a corrida — em último lugar que seja —, Felipe faz a festa do vencedor, levantando os braços, feliz da vida: é o Campeão. Nas primeiras vezes, o pai tenta lhe explicar, paciente: Filho, você tirou quarto lugar; veja, são seis raias; só o primeiro é o campeão — mas na metade da explicação o ridículo daquilo vai contaminando a voz. Se o filho não consegue contar até dez (a rigor, não conta conscientemente até cinco — apenas repete nomes decorados, às vezes acertando a sequência), que sentido tem para ele "quarto lugar"? Trata-se apenas de um jogo, ou, antes ainda, trata-se da encenação de um jogo, no qual o filho reproduz o que se espera dele — nadar daqui até ali — e o mundo lhe dará a taça de campeão. Não é assim? Se ele nadou o percurso, por que não?, perguntaria o filho, se todo o meandro dessa lógica absurda e alucinada tivesse a mais remota ligação com a cabeça de seu filho, osmose pura com o instante presente. Olha bem para o filho, ambos impregnados daquela agitação fantasmagórica do ginásio, em que todos parecem ter o que fazer a cada instante, naquela sequência de competições com nomes repetidos em alto-falantes que chegam a ensurdecer, reverberantes: Foi legal a corrida, filho? A criança sorri: Olhe! Olhe! Sou Campeão! E mostra os braços e os bíceps ainda pingando a água da piscina, como se a competição fosse de luta livre. Eu sou forte! — completa, feliz. No dia seguinte, a menos que seja lembrado, não lembrará de nada, os olhos pregados no desenho animado ou as mãos entretidas no jogo de montar, balbuciando alguma história em torno de seu inexpugnável silêncio.

A felicidade. Sempre sentiu medo dessa palavra, que lhe soa arrogante, quando levada a sério; quando usada ao acaso, gastou-se completamente pelo uso e não corresponde mais a coisa alguma, além de um anúncio de tevê ou uma foto de calendário. O pai, entretanto, é movido a alegria, um sentimento fácil na sua alma — tanto que às vezes se pergunta se o idiota não seria ele, não o filho, por usar tão mal suas habilidades e competências, em favor de miudezas. Para manter a alegria, entretanto, é preciso desenvolver algumas técnicas de ocultação da realidade, ou morreríamos todos. A ilusão de normalidade que a creche lhe dá dura alguns poucos anos. Sem prestar muita atenção, parece-lhe que a criança corresponde perfeitamente ao que se espera dela, convivendo com outras crianças de sua idade que, por certo, a compreendem, ou pelo menos a colocam no mundo das coisas normais do dia a dia com o qual lidamos, sem maiores traumas. Desliga-se do filho, ele imagina. Quando a criança está para fazer 8 anos, entretanto, a creche começa a lhe mandar sinais velados de fumaça — encontro com os pais, conversas tortas, insinuações supostamente otimistas, alguma coisa que ele vai fazendo questão de não entender, enquanto a mãe já pesquisa em outra direção, no que ele se recusa a pensar.

O território da normalidade imaginária chegou ao fim — o pai já teve as férias dele, mas não sabe ainda. Convenientemente autista, não entende bem quando a diretora diz que quer conversar face a face com ele, a voz grave. Ela já deu várias dicas, mas ele parece que não compreende o que ela quer dizer — e ela não quer dizer a coisa em si, porque talvez não seja politicamente correto. (Quem sabe ela tenha medo de um processo judicial, ele imaginou, anos depois, caindo uma ficha fantasma na cabeça.) Seria melhor para ela se o pai entendesse e, de bom grado, com mesuras e agradecimentos, levasse o filho para bem longe dali; como ele não entende, ela terá de lhe dizer, com toda a clareza.

Primeiro os subterfúgios — sim, ele não está se adaptando, sim, agora começa uma nova fase, a alfabetização, sim, é claro, ele é ótimo, mas — veja — as outras crianças. Então. A agitação dele, sabe? Claro, claro, todos esses anos. As coisas iam bem. Mas é trabalho para especialista. Não temos estrutura. Ele — e a diretora tem uma certa dificuldade de olhar nos olhos do pai. Talvez ela também esteja exatamente diante da mesma encruzilhada. É preciso um mundo melhor, mas eu só posso vir até aqui. Infelizmente. Eu gostaria muito de dar um salto adiante e abrir um espaço na escola em que todos fossem iguais, mas eu tenho todos os limites para respeitar, ou enlouqueço. Isso é uma atividade privada, talvez ela pensasse. Talvez ela tivesse na ponta da língua a frase que, enfim, rompe a delicadeza da civilização e põe as coisas no mesmo chão em que sempre estiveram: Nós já fizemos muito em cuidar dele até aqui. Não seja mal-agradecido. Mas ela sorriu: Eu já falei com a sua esposa. Há ótimas escolas especiais. Ele não foi mal-agradecido — foi um pouco ríspido apenas. Recusou-se a agradecer. E agora era ele que tinha dificuldades para olhar nos olhos da diretora. É preciso passar para o outro lado da cerca de arame farpado, o filho pela mão — aquele território em que a criança viveu quatro, cinco, seis, sete anos, não é o dela. Saia daqui. O intruso. A comunidade humana tem limites muito claros, ele pensa, hipertrofiando a sensação ruim — um recurso bom. Agrida, mesmo que mentalmente. Faça-se de vítima. Você gostaria de chamá-la de filha da puta, mas ficou quieto. Veja: você não é vítima. Teve todas as oportunidades de pensar sobre isso, e foi deixando para o último dia, quando então ouviu o que não queria ouvir. O modo da coisa, o que me perturbou foi o modo da coisa, ele esperneia ainda, atrás de um fiapo; há sempre a esperança de uma comunhão — algum milagre da Idade Média, ele delira, em que as pessoas todas se despissem do horror cotidiano e comungassem alguma epifania transcendente — somos todos iguais. A matéria-prima do messianismo. Deixe seu filho aqui — nós todos vamos aprender com ele, ele ouviria, feliz. Talvez ele sonhe com uma vida em tempo de guerra, quando há uma desestruturação total de todas as coisas e as pessoas todas estão de fato muito próximas do limite para pensarem em limites — então, sim, nos damos a mão. (Mas mesmo na guerra, ele contrapesa, no outro lado estará o Inimigo.) Eu não estou sendo racional, pensa, no caminho de volta, a criança com ele. Apenas fingi que não havia problema nenhum, comodista, empurrando as coisas com a barriga, como sempre, mimetizando o país em que vivo — isso estava mesmo para acontecer. Por que diabos alguém teria a obrigação de cuidar do meu filho?! — o Estado, ele pensa, de estalo, lembrando o amigo candidato de anos atrás, a gravidade com que alçou a cabeça para lembrar o pequeno Leviatã nosso de todo dia, o Estado é responsável por isso. Na esquina, o filho quer pipoca, e o pai recusa, ríspido, puxando-lhe pela mão, está quase na hora do almoço — a criança obedece imediatamente. O Estado, ele pensa. Seu filho só está vivo porque existe o Estado, o monstro abstrato — ao acaso da tribo ou da natureza, o seu filho estaria morto em três dias, inútil. Que era o que o pai desejou, num rompante e num tempo que agora lhe parecem absurdamente longínquos. Na outra esquina, uma criança escura, sem camisa, da idade do Felipe, pede-lhes esmola — o filho estende a mão, sorrindo, para cumprimentar o menino, que desta vez não foge, mas olha intrigado aquele ser sorridente que parece um pequeno chinês. O pai lhe dá mecanicamente uma moeda (para que aquela mão suja de terra não toque a mão aberta de seu filho), que a criança recolhe rápida e feliz:

— Obrigado, tio! — e vai disparado repassar a um adulto atento que, das sombras, controla o dízimo da rua.

O Estado é seletivo, ele pensa. De onde ele está, é confortável não gostar do Estado. E uma ingratidão — afinal, o Estado tenta fazer de tudo para protegê-lo daquelas outras crianças, que vivem em outra República. Mas a ironia — ele imagina imediatamente uma crônica com esse tema, que nunca escreverá — se perde em meia dúzia de passos; é preciso voltar a pensar no filho que leva pela mão, neste novo rompimento de sua vida. Talvez eu não tenha feito tudo que poderia ter feito, ele se culpa — talvez tenham (e agora inclui a mulher) abandonado aquele treinamento de guerra cedo demais, foram só dois anos intensivos; talvez tenham se conformado com pouco; talvez (agora ele voltava a ele mesmo) a sua obsessão infantil com o próprio trabalho, a brutal insegurança de quem escreve, estivesse acima de seu próprio filho — e está mesmo, ele fantasia, em meio a um incêndio em que pode salvar o filho ou salvar seu manuscrito; a escolha de Sofia revisitada, e ele sorri, dispersivo; qualquer coisa para não pensar no que está levando pela mão. Eu não posso ser destruído pela literatura; eu também não posso ser destruído pelo meu filho — eu tenho um limite: fazer, bem-feito, o que posso e sei fazer, na minha medida. Sem pensar, pega a criança no colo, que se larga saborosamente sobre o pai, abraçando-lhe o pescoço, e assim sobem as escadas até a porta de casa.

Só descobriu a dependência que sentia pelo filho no dia em que Felipe desapareceu pela primeira vez. É, talvez, ele refletirá logo depois, ainda em pânico, dando corda à sua rara vocação dramática, que agora lhe toma por inteiro, a pior sensação imaginável na vida — quase a mesma sensação terrível do momento em que o filho se revelou ao mundo, da qual ele jamais se recuperará completamente, repete-se agora ao espelho, com intensidade semelhante, mas não se trata mais do acaso. Desta vez, ele não tem álibi: o filho está em suas mãos. E há que preencher aquele vazio que aumenta segundo a segundo, com alguma coisa, qualquer coisa — mas estamos despreparados para o vazio. O sentimento de desespero nunca é súbito, não é um desabamento — é o fim de uma escalada mental que vai queimando todos os cartuchos da razão até, aparentemente, não sobrar nenhum, e então a ideia de solidão deixa de ter o charme confortável de uma ideia e ocupa inteira a nossa alma, em que não caberá mais nada, exceto, quem sabe, a coisa-em-si que ele parece procurar tanto: o sentimento de abismo. (Não se mova, que dói.)

Esse é o retrospecto desenhado com calma, quase vinte anos depois. No momento, tudo é de uma banalidade absurda, em que a partir de um primeiro olhar mecânico de procura — cadê o menino? —, que logo se perde em outros afazeres, até voltar ao ponto — ele estava aqui, vendo televisão —, e o apartamento não é tão grande assim para uma criança se esconder, o que ele nunca fez, aliás. Na televisão ligada, que conferiu como um Sherlock buscando pistas (e as pistas estavam ali, mas ele não soube perceber), os estranhos heróis japoneses desenhados naquele traço primário e agressivo que o pai (criado por Walt Disney) detesta mas o filho ama numa paixão absurda; de tal modo que, trissômico, é capaz de compreender toda aquela complexa hierarquia mitológica de seres (que se desdobram em álbuns, revistas, figurinhas, bonecos, fitas de vídeo, sorteios, camisetas, discos, livros de desenho), repetir os seus nomes (que o pai não entende — os nomes dos personagens já são esquisitos e além disso a linguagem continua dolorosamente atrasada no desenvolvimento do filho), gritar os seus gritos de guerra e representar interminavelmente sobre o sofá da sala o teatro daquela teogonia universal, com bonequi-nhos coloridos que falam, movem-se, lutam, vivem e morrem horas e horas e horas a fio nos dedos do filho, debaixo de uma sonoplastia in-compreensível — a voz do filho reproduz bombas, explosões, discussões (mudando de tom a cada mudança de personagem), ordens de comando, respostas imediatas, lutas medonhas e mortes terríveis. Tudo incompre-ensível. Só a irmã, parece, entende o que ele diz, cuidando das coisas dela, mas com o ouvido atento — e frequentemente promove ela mesma outro teatro, como atriz e diretora de cena, reproduzindo sem saber a vida que leva, teatro e vida são a mesma coisa, e de certo modo trazendo à realidade o irmão que, dócil, sempre aceita de bom grado os papéis que tem de assumir, que são sempre o dele mesmo, incrivelmente paciente com a impaciência eventual da irmã. "Você fique aqui! Irmão, não saia daí! Eu sou tua mãe! Isso, bem assim! Muito bem!" Como o pai nunca fala a ninguém do problema do filho, ela também, ao entrar na esco-la, não comentará jamais com ninguém a esquisitice do irmão — anos depois, a professora relembrará esse silêncio estratégico, que fielmente reproduzia o silêncio paterno. Como se a educação fosse um processo inconsciente — o mais importante corre na sombra, antes na didática dos gestos, da omissão e da aura que nos discursos edificantes, lógicos e diretos.

A porta aberta, ele percebe — saiu de casa e deixou uma fresta de pista. Com certeza pegou o elevador para descer os dezenove andares, o que ele sabe fazer. Não, o porteiro não viu, o que não quer dizer muito — bastaria uma breve descida de dois minutos até o estacionamento, uma ida e volta, e o menino passaria por ali sem ser notado. O prédio, sinal dos tempos, ainda não tinha as grades altas com pontas agudas e as câmeras de segurança e os fios elétricos desencapados que pouco depois fechariam aquele pátio generoso e inteiro aberto, quinze metros da portaria à calçada, onde o pai se postou, pateta, olhando para um lado e para o outro, o mundo inteiro diante dele. Escolheu o caminho mais conhecido, em direção ao centro. Ele deve ter ido por aqui. Pequenas esperanças vão se formando lado a lado com grandes terrores. Virando a esquina, quem sabe ele esteja ali? É preciso perguntar às pessoas, mas ele sente uma inibição absurda, uma espécie de vergonha, por ele e pelo filho, que lhe trava os gestos — ou a simples vergonha masculina de perguntar, como nas piadas homens *versus* mulheres. O homem nunca pergunta, e ele parece corresponder ao próprio lugar-comum. Cretino topográfico, o pai é capaz de rodar dez vezes perdido num bairro antes de perguntar a alguém onde fica a rua que procura. Mas agora não é uma rua, é um filho. Teria de achar a palavra certa para explicar, as pessoas não sabem — talvez dizer "você viu meu filho? Ele é um menino com problema", ou "ele é meio bobo"; ou, ele é "deficiente mental", e tudo aquilo não corresponde nem ao filho nem ao que ele quer dizer para definir seu filho; ele é uma criança carinhosa mas meio tontinho, talvez assim ficasse melhor; não pode dizer "mongoloide", que dói, nem "síndrome de Down" — naquela década de 1980, ninguém sabe o que é isso.

Mas quem sequestraria meu filho? — é a única pergunta que ele se faz, tomado de um pânico crescente a cada quadra que avança sem encontrar ninguém. Há pouco tempo, sequestraram e mataram uma criança no litoral supostamente para um ritual de bruxaria, segundo a histeria da polícia inepta e do noticiário apressado sobre o que décadas depois se revelaria um brutal erro judiciário; no imaginário do instante presente que ele absorve, trata-se de gente de classe média, bem nutrida, alfabetizada, sem a mais remota desculpa social, e o pai chega até a esquecer momentaneamente o filho para refletir sobre o inexplicável. Deus com certeza não é uma variável a considerar na medida das coisas, mas o Demônio tem uma presença tão viva na vida dos homens, ele pensa, escondendo-se na abstração — e na mesma lógica que teria matado aquela criança —, e se arrepia. Esqueça o mal. Pense só no momento presente, exatamente agora, o tempo escorrendo em silêncio, e volte a seu filho. É uma manhã tranquila de domingo. Tanto melhor — as chances de ser atropelado serão menores; o menino tem dificuldade de atravessar as ruas; na verdade, dificuldade de visão, que na síndrome é sempre curta; também tem pouca autonomia; quando vai ao banheiro, frequentemente chama a mãe para ajudá-lo a se limpar, e ela, com paciência infinita, vai construindo o cuidado e o aprendizado que serão a autonomia do filho anos depois, mas por enquanto estão só no caminho. Seres escatológicos livrando-se todos os dias da sujeira, em rituais programados. Máquinas perpétuas de lavação. Para nós, Alfas Mais, a inteligência do admirável mundo novo, parece fácil.

O pai apressa o passo. Em pouco tempo, já está correndo nas quadras adjacentes — nada, praticamente ninguém nas ruas. Ele pode estar em qualquer lugar. Ele pode ter encontrado uma porta aberta, qualquer uma das milhões que existem no mundo, e avançado por ela, subido em escadas, em elevadores; e, se alguém o encontrou, não saberá o que fazer, nem ele saberá explicar quem é. Se o próprio pai também não sabe quem é, ele pensa, tentando escapar com o jogo vazio de palavras. Vai até a banca de jornal, onde sempre passa com o filho para comprar revistinha, e enfim pergunta pelo filho, mais seguro porque ali já o conhecem — não é preciso explicar nada. Não, ninguém viu o menino ali. Ele deixa o telefone: se ele aparecer, me chamem, por favor. Vai fazendo um círculo em torno de casa, avançando pelas ruas. Nada.

Que talento o seu filho tem, além de ser uma criança carinhosa, com surtos de teimosia? Nenhum, ele calcula. Todas as tentativas de alfabetização fracassam. Talvez seja cedo para ele: 9 anos. Talvez não seja uma limitação de inteligência, isto é, de falta do potencial capaz de reconhecer num sinal escrito a representação de um som (o que é mais difícil) ou de uma ideia (o que é mais fácil — e que ele consegue erraticamente, mas não na abstração das letras; a primeira palavra que leu foi *coca-cola*). A questão, o pai divaga, enquanto anda já desanimado, afundando-se na paralisia do pânico — onde se meteu esse filho da puta desse guri? —, é que ele não tem linguagem sofisticada a ponto de a alfabetização fazer sentido; ele não tem sintaxe, tempos de verbo, marcas sistemáticas de plural ou de gênero, nada. Ele tem apenas o domínio de palavras ou blocos de duas ou três palavras avulsas. Já seria útil, ele imagina, para pegar um ônibus. Mas ele não tem maturidade para pegar um ônibus sozinho; ele vive no mundo da fantasia. O que faria ele lendo essa placa azul, pergunta-se o pai, novamente na esquina próxima de casa — rua Dr. Faivre? O que isso significaria para ele? Nada. Talvez a indicação do caminho para o planeta de seus heróis — e Felipe diria, o braço estendido: "Por aqui!", repetindo algum bordão do Pokémon, como um desenho animado, não uma pessoa.

É preciso — e o pânico aumentou — acionar a polícia. Eu não vou conseguir sozinho — e em cinco segundos prefigurou uma sequência desvairada de buscas que culminaria em entrevista na televisão, reportagens, cartazes na cidade inteira, uma comoção coletiva em torno de seu filho. Sentiu mais forte o frio na espinha e a perda definitiva da liberdade. Alguém marcado até o fim dos tempos como o pai que perdeu o filho — que, naturalmente, jamais será encontrado. Volta para casa suando, de cansaço das corridas e do terror do momento: a cada segundo a ideia do desaparecimento vai ficando mais concreta na sua vida; é preciso readaptar a alma àquela nova situação — a ausência.

Talento. Sim, o filho desenha, ele lembra, e é como se isso o redimisse. Vejam: meu filho tem qualidades! Sim, ele desenha, e tem um traço original, parece — mas não sabe disso. Ele ainda não tem a dimensão da "autoria", esse orgulho primeiro — e granítico — de toda a arte nos últimos quinhentos anos. Para o menino, o mundo não tem hierarquia nenhuma, nem nas formas, nem nos valores — tudo é a mesma matéria instantânea a todo instante. Um surto de desânimo arrasta o pai de volta para casa. Tudo que não foi não poderia ter sido: é assim que as coisas funcionam. Conforme-se, ele repete três, quatro vezes, no velho jogo para saber se o sentido se esfarela ou se mantém. Conforme-se.

O choque de sair da escola das crianças normais para a primeira escola especial, quando a diretora lhe devolveu o filho. Não queremos seu filho — para ele, há escolas especiais, que têm treinamento e condições de tratar dele. Nós não temos. Para o pai, levá-lo à escola especial foi reviver aquela sala da clínica do Rio, quando ele percebeu pela primeira vez que seu mundo de referências seria definitivamente outro. A criança também sentiu a diferença — nos primeiros meses de escola especial, o menino reagiu pelo isolamento e pelo silêncio. Não se reconhecia naqueles outros em torno dele. Durante algum tempo terá ainda uma relativa dificuldade para conviver com os seus iguais, aquele conjunto disparatado de casos a um tempo semelhantes e muito diferentes que partilham a escola com ele.

O pai começa a perceber que todas as crianças especiais são diferentes umas das outras de um modo mais radical do que no mundo do padrão de normalidade. Os estímulos sobrecarregados que recebem (elas ouvem a palavra "não" milhares de vezes a mais do que qualquer pessoa normal), o nível sempre diferente do aparato neurológico de recepção e a falta de referências ao longo da vida cotidiana, tudo isso vai criando essa solidão especial, a um tempo derramada, afetiva e inexpugnável, que às vezes explode em agressividade surda. No caso dele, é como se o desespero de normalidade que assombrava o pai passasse também ao filho, cujas únicas balizas eram as do pai, não as dele mesmo, em nenhum momento. Como se o filho não tivesse nenhuma medida própria; como se ele não tivesse cabeça para desenvolvê-la, o que é absurdo.

Para o filho, talvez fosse mesmo insuportável reconhecer naquelas crianças que mal sabem falar, naqueles seres sem coordenação motora, que arrastam pernas, que ficam de boca aberta, que gritam sem razão, que sofrem acessos de teimosia inexpugnável ou de total alheamento — fosse mesmo insuportável reconhecer nelas o seu próprio grupo, os seus semelhantes, a sua tribo. Como se o filho também absorvesse a resistência paterna ao resto do mundo, reproduzisse, pelo respirar, cada detalhe dos sentimentos do pai. Em boa medida, os traços desagradáveis que ele reconhece nos outros são também os seus, afinal. Como se na escola especial que ele passa a frequentar, o menino enfim se reconhecesse em sua medida, e isso doesse. O horror ao espelho — a incapacidade de reconhecer no outro a semelhança. (Também aí, o pai imaginava, seria o caso de estabelecer turmas diferenciadas, para casos semelhantes, o que as escolas especiais tentam fazer, mas os grupos formados jamais terão a homogeneidade do padrão de referência.) Aos poucos, o isolamento dos primeiros meses foi se desfazendo e, estimulado pela infraestrutura pedagógica e por uma ótima professora, ele passou a desenhar mais e de modo mais disciplinado.

O peso da escola como parâmetro: o pai se revê criança, a memória do menino revoltado lendo sobre a escola inglesa de seus sonhos, em que cada um faz o que quer — o paraíso do adolescente. Lembra-se de ter roubado este livro de uma livraria — o título era *Summerhill*. Leu o volume, ávido, em dois dias, um pequeno Rousseau redescobrindo as delícias da liberdade natural. "Por que não fui educado assim?", ele se perguntava, tentando sustentar por contra própria um ideário autopedagógico, na confusão dos seus 16 anos, acendendo um cigarro e soprando a fumaça como os adultos que via, na vida real e no cinema. Desenvolveu dois dogmas de juventude — primeiro: a liberdade é um valor absoluto; segundo: o mal é uma doença, não uma escolha. Nenhuma novidade: alguém que assimila integralmente o que o seu tempo tem a oferecer de melhor, que não é muito. Anos mais tarde, pela via da literatura, ele começa enfim a escapar das abstrações totalizantes. É preciso pensar, sempre, o aqui e o agora, essa teia infinita de complicações que nos prendem os braços, e então todo o resto faz diferença.

Aqui e agora: voltando para casa sem o filho, o mesmo filho que ele desejou morto assim que nasceu, e que agora, pela ausência, parece matá-lo.

Acionar a polícia — foi isso que restou a eles. Em toda parte, ninguém viu o menino em lugar algum. É preciso começar pela lista telefônica, ele imagina. É um homem inepto que, sempre que tem de sair de si mesmo para alguma coisa fora dele, envolve-se num interminável filme mental em que ele não sabe se é o diretor ou o protagonista, ou, talvez, uma marionete surda. Liga para alguns números, mas ninguém atende na manhã de domingo — provavelmente ele discou errado, imagina, irritando-se. Parece que uma montanha de complicações vai se erguendo segundo a segundo: é preciso se mover. Pega um endereço próximo — delegacia do menor, algo assim, o nome é longo — e decide ir até lá de carro, feliz por saber o que fazer, encontrar alguém fisicamente presente diante dele que possa lhe dar uma direção. É a resistência à polícia que o incomoda, a ideia de que terá de colocar o seu pezinho delicado no mundo real, naquela outra República paralela que ele finge não existir exceto como notícia de jornal, estatística ou foco de indignação moral, de tempos em tempos. A polícia. Pessoas que vivem para controlar as outras, de acordo com a lei. Quando vê filmes policiais na televisão, imagina até que poderia ser um policial (ele tem sonhos recorrentes de mudar de emprego, imaginando-se em atividades completamente diferentes das suas — "Como eu me sentiria com esse trabalho?", ele se pergunta. Imagina o que os amigos diriam, vendo-o de uniforme, quepe e distintivo: Bem, agora você entrou mesmo no sistema! A universidade era só aperitivo!) — ser um policial, ele sorri, não na rua, ele é substancialmente um relojoeiro, mas num escritório qualquer, lidando com estatísticas, talvez. Ou articulando planos de repressão ao crime. Temos de deslocar nossos homens para este bairro, que apresenta uma incidência de homicídios 57,2% maior do que no resto da cidade. Vamos lá, rapazes! Mas, ao tirar os olhos da televisão, a imagem vai ficando fosca, nublada, e ele não consegue mais separar uma coisa de outra, o crime da polícia, a polícia do crime, porque a história brasileira não ajuda muito e a ditadura embaralhou ainda mais as cartas; quando o Estado tem uma vocação nem tão secreta para o crime, ficamos perdidos, e então, agora sim, vale tudo, escancaram-se as portas; todos os grandes projetos políticos do século XX igualmente não ajudaram muito a separar as coisas; o jeitinho brasileiro não ajudou também; ele próprio, cidadão letrado, confundiu frequentemente as atribuições ao longo da vida, sempre com uma boa justificativa na manga, se alguém lhe perguntasse, mas, como todo mundo, ele se mantém em silêncio. Nada a declarar, dizia um ministro da Justiça de triste lembrança. Nada a declarar. Não temos nada a declarar. Fodam-se, que eu vou cuidar da minha vida. Agora está diante de uma delegacia de polícia, fechada — deve haver algum erro. Essa delegacia já foi desativada, ele descobre, contando os vidros quebrados, a pichação nas paredes, um mendigo dormindo na sombra. Por que não telefonei antes? Um pátio mal-assombrado com um carro abandonado, sem pneus — sente a estranheza da manhã de domingo, aguda no sentimento de incompetência, um personagem de Kafka. Você não quer encontrar o seu filho? — o diretor de cena lhe pergunta. Lembra do exercício de Stanislavski dos seus tempos de comunidade, a cena realista e a cena falsa: a atriz procura o alfinete que perdeu, em gritos canastrônicos; Bem, diz o diretor, se você não encontrar *mesmo* o alfinete, será despedida. E ela passa a procurá-lo num silêncio tenso, centímetro a centímetro, a dramaticidade contida mas *verdadeira*, para felicidade de todos. O sentimento verdadeiro, ele repensa: é preciso uma cosmogonia inteira para acreditar nele. E eu estou o tempo inteiro pisando em falso, ele diria, se lhe perguntassem.

Paralisado no pátio vazio, relembra seu único encontro com a polícia, em 1972, na Vila Mariana, em São Paulo. O mundo era tão pequeno que ele conseguia dirigir em São Paulo; era o motorista do grupo de teatro, transportando, naquela velha Variant de dois carburadores, atores, atrizes e pedaços de cenário, de um lado para outro, todos hospedados em casas diferentes de amigos e parentes. Numa madrugada, vai levar uma parte do grupo, três atores e duas atrizes, de volta ao porão emprestado em que estavam, numa casa antiga. O proprietário amigo (que estava viajando) morava aos fundos e cedeu o porão confortável da casa da frente, aluga-da há décadas para um casal. Os colegas convidaram-no para um café: uma trupe escarrada dos anos 1970, cabelos compridos, sandálias, barbas, violão, mochilas, maconha, calças boca de sino, paz e amor. Avançaram aos risos pela lateral da casa e encontraram a porta do porão, que tinha entrada independente, fechada com um cadeado. O que será isso? Ao se voltarem, perceberam um vulto correndo no escuro de volta à casa, pela porta da frente. Intrigado, ele percebe a luz acesa e, mesmo tarde assim, bate na porta da casa, subindo uma escada curta — e, depois de um silên-cio indeciso, sem atendê-lo, uma voz de mulher confessa, assustada:

— Meu marido chamou a polícia! Saiam daí!

Pior que isso: ele descobre que o homem também fechou o alto por-tão da frente com um cadeado, assim que eles entraram — o vulto que viram. Estão engaiolados numa arapuca, ele conclui rápido — é o único ali que sabe de uma rixa histórica entre o proprietário e o casal de locatá-rios, que deve (é claro! — cai a ficha súbita na testa) imaginar que aquele bando de maconheiros está ali para infernizar a vida deles, e não para passar quatro dias inocentes enquanto representam uma peça de teatro. "Preciso telefonar!" — e se lança em direção ao portão de uns dois ou três metros de altura para escalá-lo. Ao pisar na calçada, ouve a freada súbita da caminhonete da polícia e — um momento de terror — vê um policial avançando aos gritos e apontando-lhe o que parece uma metralhadora. Como nos filmes, ele ergue as mãos e começa imediatamente a explicar, mas ninguém ouve. É revistado aos trancos e pancadas, arrastado até o carro e jogado no camburão, que se fecha com estrondo. Ao se erguer no escuro, dá com a cabeça no teto baixo, uma dor medonha. A única pessoa capaz de explicar o que estava acontecendo ali — ele, o motorista da trupe — está agora no camburão. Há uma grande e confusa discussão na calçada: tanto melhor, conversam. Pelo respiradouro começa a gritar, sempre tentando explicar. Súbito, abre-se de novo o camburão para outro deles, depois mais um e outro, arremessados como pacotes. Ouve apenas uma voz, repetindo o bordão: Na delegacia vocês explicam! Preocupa-se com as mulheres, mas elas têm privilégios e vão na cabine da frente. Ele sussurra aos colegas o medo maior: vocês estão com maconha na mochila? Não, jogaram fora. Suspiro de alívio, fecha os olhos no escuro e pensa: sim, dá para explicar. Somos atores, não marginais, ele fantasia.

Agora, diante do pátio vazio, sente de novo o sopro do terror — nos dias de hoje, muito provavelmente teria sido metralhado pulando aquele portão antes mesmo que abrisse a boca, dramatiza ele; e as pessoas todas achariam isso justo e bom. O que ele fazia pulando o portão? Um ladrão a menos. Agora é o seu filho na balança: um a menos. A subtração é a regra. De volta a casa, já estão tomados, ele e a mulher, de um fatalismo paralisante. Conseguem conversar com alguém ao telefone, uma voz atenciosa mas burocrática que diz algo como "esperar 24 horas", e mais algumas providências legais nas quais ele não consegue prestar atenção. Há uma espécie de resistência à realidade — não faz sentido o desaparecimento de seu filho, portanto ele não desapareceu.

Mas enquanto ele circulava atrás do filho e a mulher percorria o prédio em busca de notícias eventuais — quem sabe o menino está por aqui mesmo, na casa de alguém? — um telefonema milagroso de uma vizinha dá um desfecho ao caso. Dois soldados da PM encontraram o Felipe no pátio da universidade, próximo dali, brincando sobre um jipe sem capota, conversando sozinho, animado ao volante, vivendo o seu teatro autista. Perceberam, naturalmente, que era uma criança com problemas — e constataram que não havia ninguém por perto a cuidar dele. Antes mesmo que acionassem a central, passa por ali uma vizinha do prédio, que reconhece o garoto, dá o endereço e em seguida avisa a família. O pai havia passado duas vezes por aquela quadra, ao largo, mas por algum bloqueio estúpido não se lembrou de entrar no pátio interno para conferir, talvez temendo (ele exagera) que algum conhecido, quem sabe um aluno, o reconhecesse, e ele tivesse de contar sua vida.

Contar sua vida: na delegacia de Vila Mariana, avançando sob escolta com a trupe até a sala do delegado, na verdade um salão extenso, um pátio de milagres de mendigos, meliantes, desocupados, guardas entediados, gritos aqui e ali, figuras de um outro mundo dessa República paralela que ele jamais vira tão de perto — e o país ainda estava em 1972, vivendo a inocência de seus crimes —, ele tenta simular importância, erguer o próprio fantasma acima dos pés (alguém que leu Nietzsche; alguém que tem o segundo grau completo; alguém que sabe consertar relógios; alguém que será um escritor, com certeza; alguém que pela postura, até mesmo pelo cabelo claro, a cara de alemão, polaco ou italiano, os óculos incluídos no pacote social-racial-econômico, foi educado para viver no andar de cima, alguém que tem a compreensão literária da vida e os sonhos de um humanismo universal; alguém literatado, enfim, essa raridade estatística). Acende um cigarro com um gesto estudado de ator, diante da mesa do delegado — como na *Ópera dos três vinténs*, é momentaneamente o chefe de uma pequena trupe de bandidos, um preto, um cabeludo, um cafuzo, duas mulheres morenas e desleixadas, quase que da vida, pobres, todos magros, candidatos ridículos a atores e atrizes, buscando alguma respeitabilidade e para isso enfiam o cotovelo na fresta da porta da humanidade e forçam o pé, petulantes, para lá entrar. Mas ele não tem tempo de mostrar as qualidades do grupo: a mão do delegado ergue-se e voa diante dele, a um milímetro de sua cara, fazendo sumir o cigarro.

— Ninguém fuma aqui! — E para o policial que os trouxe: — Quem são esses?

— Aquela queixa de invasão de domicílio.

Sentado num dos bancos de espera, um mendigo ulcerado, imundo, aponta o dedo para um dos atores do grupo, com os cabelos de Jesus Cristo até os ombros, e dá uma gargalhada sem dentes que se transforma numa tosse rouca:

— O cabelo desse aí!...

Do nada, surge o respeitável senhor, o engravatado dono da casa e da queixa, e a cena assume o tom de um quiproquó de teatro de revista.

— Todos eles invadiram minha casa. Eu tranquei o porão para me garantir. Não quero eles lá.

— O senhor é o proprietário?

— Sim — mentiu ele.

O delegado — trinta anos de cadeira e de cadeia — passa os olhos irritados por aquele povinho diante dele, todos jovens, e avalia em um segundo as sutis nuances que diferenciam assaltantes e homicidas de crianças desmioladas em alguma farra de fim de semana. Talvez ponderasse se haveria ali algum filho de gente importante. Decide súbito, já pensando em outra coisa:

— Eles que saiam da casa e que achem outro lugar para ficar — um gesto repetido de mão indica o tédio (vão, vão logo!...), e volta a sentar.

O candidato a escritor não está satisfeito. Vê um exemplar de *O Estado de S. Paulo* amarrotado na mesa do homem e, num lampejo, pensa encontrar ali a salvação:

— Nós somos atores. Não somos vagabundos — dramatiza. — Estamos há três dias montando uma peça no Teatro Paulo Eiró. Direção de W. Rio Apa. Aqui está. — Abre rapidamente o jornal com as mãos trêmulas, acha o caderno de cultura e mostra a notícia discreta, num canto de página. Insiste, apontando já agressivo para o proprietário: —

Como é que só hoje ele descobriu que a casa está invadida? O porão foi um empréstimo do verdadeiro dono da casa. — Era difícil explicar aquilo, ele não conseguia esmiuçar os detalhes, e o delegado, depois de uma rápida avaliação da importância da notícia no jornal (que era enfim nenhuma), olhou para o garoto já beirando a fúria: o que esse pirralho está querendo? Estou dando uma chance para ele sair daqui.

— Você tem o contrato de locação? Algum documento que prove o empréstimo? Hein?

Silêncio. O homem virou-se para o policial, o braço sacudindo-se no mesmo gesto irritado:

— Leve esse povo de volta e que desocupem o beco. Sumam daqui que eu tenho mais o que fazer.

O futuro escritor ainda tentou contestar o veredito de Salomão, erguendo o queixo para uma última apelação, mas o policial — um sujeito grande e que se revelou surpreendentemente bonachão — arrastou-o suavemente dali, e ao grupo em seguida, quase como um amigo que conduz a turma para um passeio ou para uma cerveja, praticamente abraçando-os enquanto caminhava. Cochichava:

— Vamos nessa, pessoal, antes que o homem fique brabo. Agora vai todo mundo na cabine da frente! São meus convidados.

A escolta do despejo, um motorista e um policial armado, iria em outro carro, um fusca. Num momento, o policial voltou-se para o negro do grupo, que ia no banco de trás.

— Me diga, negão (olhe, estou chamando você de negão mas pode me chamar de polacão, pra mim é tudo brasileiro e tudo igual), me diga, você não puxa um fuminho de vez em quando, não? Esse pessoal de teatro eu conheço — e seguiu-se uma risada comprida e compreensiva. — Uma vez pegamos uns atores da Globo, cara! gente importante pra caralho! e os braços enormes do polaco giravam o volante nas esquinas escuras de Vila Mariana, enquanto ele conversava como se estivesse num bar. — Rapaz, o que tinha ali de bagulho! — outra risada desarmante.

— Nós somos tudo gente séria — disse uma voz insegura do banco traseiro, sem acreditar no que dizia. O medo daquela prisão absurda ia se desfazendo, deixando ainda um rastro trêmulo no corpo que escapa. E o candidato a escritor pensava no que fazer com a trupe, em São Paulo, na rua, de madrugada, aquele bando de maloqueiros, e ele riu, nervoso. Redistribuir pela cidade.

— Vocês ainda tiveram sorte — e o polaco diminuiu a velocidade num momento, o braço avançando sobre as cabeças ao lado para mostrar o prédio na calçada, o famigerado DOICodi, mais uma República paralela do país. — Nesse lugar aí até filho de general dança. Os caras batem com força.

Era um despejo de mochilas, agasalhos, travesseiros e cobertores, e um violão, tudo socado nos fundos da Variant. Ele telefonou ao guru, que deu as instruções: iriam todos para onde ele estava. Um apartamento pequeno, onde fariam um acampamento provisório. Na calçada, um policial baixinho e barrigudo, também bonachão — uma caricatura, com um toco de cigarro caindo do beiço — a metralhadora pendurada no ombro, olhava com uma surpresa sincera para as duas moças levando os últimos travesseiros até o carro. Sussurrou a pergunta a uma delas, o espanto legítimo:

— A sua mãe deixa você participar de grupo de teatro?

Quinze anos depois o escritor desce agoniado à calçada do prédio para esperar a viatura da Polícia Militar que trará de volta o Felipe desaparecido. O carro chega em seguida, com as silenciosas luzes de sirene acesas — o menino desce, feliz e sorridente por ser escoltado por um carro de polícia *verdadeiro* (uma palavra que ele aprendeu e repete com frequência), absolutamente alheio à suposta gravidade do que aconteceu. Tem na mão uma espada de plástico amarelo, e veste uma capa preta de Batman, a camisa do Super Homem e um chapéu colorido. Está de bermudas roxas e com sandálias — no conjunto, é um pequeno espantalho feliz. Aponta a espada para o alto do carro:

— Olhe! — e chamou o pai pelo nome. — Veja! As luzes verdadeiras!

Uma sombra longínqua de desconfiança passa pelos olhos de um dos jovens soldados:

— O senhor é mesmo o pai dele?!

Porque a criança jamais chamou ou chamará o pai de pai — apenas pelo nome próprio. E por um segundo absurdo viu-se quase no papel de ter de provar quem era, um homem respeitável, e não um sequestrador de crianças perdidas. No mesmo instante, a mulher deixa escapar o ato falho, abraçando a criança:

— Filho, não saia sem avisar, ou a polícia te pega!

O que imediatamente o pai tenta consertar:

— Ainda bem que a polícia te encontrou, Felipe! — E mimetizou o teatro de desenho animado que sempre simulava com o filho: — Você foi salvo pelas forças do bem! Que tal?

O filho entrou no jogo, ergueu a espada e repetiu algum comando incompreensível dos desenhos japoneses. Não é o momento de tentar fazê-lo entender o que aconteceu e reforçar pela milésima vez que ele não deve ir a lugar nenhum sozinho ou sem conversar com os pais antes. Agora seria preciso provar que eram os pais dele, mas isso não foi mais necessário — a efusão do encontro transbordava uma afetividade transparente. E a criança ainda havia usado a palavra mágica ao abraçar a mãe: *Mãezuca!* Mãe e filho se afastaram. Os policiais contaram em detalhes como o menino foi encontrado; o pai agradeceu comovido, e num momento estendeu a um deles uma nota de quinhentos do dinheiro da época, que ele havia separado em casa, antes de descer, já com a ideia na cabeça — isso, tentou explicar quase sem olhar nos olhos deles — é uma contribuição e um agradecimento ao trabalho de vocês. Um dos policiais reagiu, discreto — Por favor, não é preciso, só fizemos o nosso trabalho — e ele insistiu, por favor, aceitem, é o mínimo, a gente já estava desesperado e não sabia mais o que fazer. Eles entreolharam-se um segundo, como numa assembleia-relâmpago para decidir com urgência, e aceitaram a nota. Antes de irem, pediram alguns detalhes, como o nome da criança e dos pais — é para a ficha de ocorrência, explicaram.

Ao subir para casa, ele sentiu uma agulhada no coração: O que você diria se um aluno lhe oferecesse dinheiro porque a sua aula foi boa? Você percebeu a extensão do que você fez? O seu material humano é diferente do material humano daqueles dois rapazes? Há casos e casos, ele tentou contra-argumentar. As coisas não são nunca absolutas: não há diferenças qualitativas entre os gestos da vida; apenas quantitativas, e essas são marcantes. Sim — diante do elevador, esqueceu de abrir a porta, pensando —, esses meninos não têm mais de 25, 26 anos cada um. É sempre uma... Uma o quê? Você simplesmente abriu mais uma porta da corrupção. Não reclame daqui a alguns anos quando eles vierem cobrar a conta. Isso é cultura. Tanto quanto o seu Nietzsche. E, nessa área, a parte mais forte é você. O Brasil não é a Suécia, ele rebate, envergonhado. Desse jeito, contra-argumenta, não será nunca. Mas eles encontraram meu filho. Sim, é verdade. Mas — isso é uma síndrome, ele sabe: você (agora ele abriu a porta, aliviado) está vivendo uma síndrome de culpa, um transtorno de excesso de peso na alma. Imaginou que talvez o elevador não subisse com o peso de seu sentimento de culpa, e sorriu com a graça simples da ideia. A porta se fechou, enfim, e o elevador subiu.

Passaram-se anos.

Parece que o pai havia entrado em um outro limbo do tempo, em que o tempo, passando, está sempre no mesmo lugar. Uma estabilidade tranquila, uma das pequenas utopias que todos com um pouco de sorte vivem em algum momento de suas vidas. O poder maravilhoso da rotina, ele pensa, irônico. Transforma tudo na mesma coisa, e é exatamente isso que queremos. Mas há uma razão: o seu filho não envelhece. E além da cabeça, que é sempre a mesma, pelos meandros insondáveis da genética ele crescerá pouco, vítima de um nanismo discreto. Peter Pan, viverá cada dia exatamente como o anterior — e como o próximo. Incapaz de entrar no mundo da abstração do tempo, a ideia de passado e de futuro jamais se ramifica em sua cabeça alegre; ele vive toda manhã, sem saber, o sonho do eterno retorno. Os sete dias da semana — que os pais tentam lhe explicar milhares de vezes — são uma incompreensível tábua de logaritmos, uma confusão de referências, de uma complexidade inacessível. Domingos e quartas-feiras, sábados e terças e sextas e todos os dias têm manhãs semelhantes e idílicas: o mundo recomeça. Inútil desenhar calendários, marcar cada dia com um X, explicar pacientemente as tarefas cotidianas de acordo com a máquina do tempo que a divisão da semana representa. A qualquer momento ele irá até o quadro marcar mais um X, orgulhoso de alguma tarefa cumprida, ou então fará uma sequência de sinais coloridos naquela fila de quadradinhos convidativos, até ouvir um "não" consternado que o levará a ignorar o calendário dali por diante, com medo de errar. Ele despreza o tempo que não entende. Aliás, ignora tudo aquilo que não entende; passa ao largo, não vê, esquece, apaga, ou transforma em um teatro que torna fisicamente palpável o que de outra forma não tem significado — como rir de uma piada incompreensível numa roda de adultos, imitando-lhes os trejeitos e o sacudir de cabeça: é a paródia involuntária de um pequeno adulto, e como que nos desarma a todos, transformados em puro gesto, num vazio de ossos. Sobre o tempo, no mês seguinte outro calendário virá para a parede; outras explicações detalhadas e pacientes: hoje é quarta-feira, hoje é dia de natação. Você preparou a mochila? O que ele faz com uma atenção cuidadosa e atenta — e lenta. Mas tem orgulho da tarefa feita: Olhe! Veja! E fará sua pose de campeão a cada cama arrumada, uma conquista de herói.

O apartamento é o seu território, de onde só sai — e só quer sair, às vezes a contragosto — para tarefas específicas bem marcadas, em diferentes momentos do dia e épocas da vida: a escola, a natação, as caminhadas, a aula de música. Jamais terá autonomia para sair sozinho de casa. Sim, é possível que ele pudesse ser treinado para isso, se houvesse um estímulo sistemático (o que não houve) — mas o mundo tornou-se demasiadamente assustador além da porta da rua. O desaparecimento na manhã de domingo foi apenas uma amostra. (Houve outro, num final de semana na praia; apenas pôs-se a andar, atleta decidido em exercício, seguindo a orla em direção ao balneário vizinho, até que depois de duas horas de desespero outro carro da PM o encontrasse e o trouxesse de volta. Desta vez, o pai, contrito, não corrompeu ninguém — enviou um fax ao comando da corporação com fartos e merecidos elogios ao trabalho da polícia, citando o nome do cabo e do soldado responsáveis.) Há crianças com síndrome de Down que desenvolvem uma boa autonomia nesse sentido — o Felipe, nunca. A odisseia de ir até a esquina comprar um jornal, por exemplo, seria atravessada por milhares de estímulos convidativos incapazes de se controlarem sob um projeto no tempo — caminhar até a banca, comprar o jornal, pegar o troco, voltar para casa. Teria de enfrentar, também, um mundo despreparado para ele. E eventualmente agressivo: certa vez, crianças vizinhas, a crueldade medida de quem apenas brinca com o clássico bobo da vila, o colocaram no elevador, apertaram o botão do último andar, apagaram a luz e fecharam a porta, deixando-o só. O terror do escuro, talvez ainda memória da roldana de estímulos que viveu em seus primeiros meses, voltou com toda a força.

A aula de música. Durante um tempo, testaram-se as habilidades musicais do menino, seguindo a lenda de que crianças com síndrome de Down teriam uma sensibilidade especial para a música. Para compensar o problema, o pai pensa, sempre se esforçando para andar na direção contrária, como um destro que insiste em escrever com a mão esquerda, criam-se territórios mágicos especiais, nos quais as crianças Down, ao modo de certas cosmogonias medievais com relação aos loucos e pródigos, veriam, sentiriam e viveriam o que outros não veem, sentem ou vivem, o que é verdade, na mesma medida que esse diferencial existe para todo mundo — isto é, somos seres intransferíveis, para o bem e para o mal. São maneiras gentis de lidar com a diferença. Certa vez ouviu de um desconhecido a observação de que crianças "como o seu filho" são inteligentíssimas e percebem o que os outros não percebem. O homem chegou a baixar a voz, como a confessar um segredo raro. Um amigo, anos atrás, disse-lhe que, pela afetividade em estado puro, a criança atinge uma compreensão superior da vida e do mundo. A afetividade é a sua compreensão — e, agora sim, a ideia bateu fundo na cabeça do pai. Há um toque de verdade nisso, ele pensou — o mundo dos afetos é o talento dessa criança, ele pensou, tentando formular um quadro. Sim, como acontece com todo mundo, mas na criança Down, e nas crianças especiais em geral, ele imagina, a área dos afetos mais simples parece a única que aparentemente não sofre nenhum handicap visível com relação às outras áreas de sentido da vida humana. Sim, a afetividade é um modo de compreensão — para essas crianças, o pai matuta, parece o único caminho da compreensão e da comunicação. Felipe abraça como alguém que se larga ao mundo de olhos fechados. Solta-se no carinho que sente como um cão esparramando-se feliz ao sol da varanda. Quase como se o abraço não fosse, ele também, um gesto da cultura humana, além do puro impulso natural.

Já a música era o teatro da música. Sentar-se ao piano na escola de música e simular um concerto — todos os gestos apreendidos, exceto as notas e sua brutal exigência. E nenhuma concentração — só a paciência da professora, que era muita. Aqueles pares simples de notas, pequenos gestos coordenados, melodias simplórias, apenas uma escala de diferença de sons para um primeiro aprendizado, se transformam numa escravidão horrenda de sequências sem sentido. Ele sofre como Bolinha indo à aula de violino. A mão não obedece à alma, que não ouve o som, que está em outra frequência. Como se a percepção dele não conseguisse separar o som do gesto — tudo é um interminável e saboroso desenho animado que ele mimetiza. Não há lugar nele para aquele tipo de disciplina. A ideia de ter de ir à aula de música, duas vezes por semana, já antecipava um pânico e as raríssimas mentiras que ele é capaz de criar — Estou com dor na cabeça, ele diz, a mão de canastrão na testa, um exagero de anedota, que leva muito a sério: É horrível, diz, fechando os olhos com força, tamanha a falsidade da dor. Os pais enfim desistem, para a felicidade de todos.

O talento de histrião não se perde, entretanto, e encontra uma boa utilidade no palco. Na escola especial que ele frequenta todos os dias, um paciente e talentoso professor de arte cria números surpreendentes de teatro com aquele grupo de crianças díspares. Uma das peças é uma versão simplificada da *Comédia dos erros*. Uma concepção original: em cena, as crianças dublam a própria voz, previamente gravada em trechos isolados que depois são montados na mesma sequência. Assim, cada uma das frases avulsas do texto, penosamente praticadas pelas crianças e depois gravadas em sequência, são o pano de fundo de uma deliciosa e ingênua pantomima, que elas levam a cabo com comovente dedicação e eficiência. As crianças jamais seriam capazes de memorizar aquelas falas mais longas — e alguns deles, como o seu menino, sequer conseguiriam dizer naturalmente uma frase completa com uma oração subordinada e uma coordenada em sequência (a única estrutura de que ele dá conta no seu dia a dia é o conjunto básico sujeito-predicado, nessa ordem, e jamais em voz passiva).

Mas, com a gravação feita em partes, a história consegue se contar, e com graça — a peça é saborosa, do começo ao fim, e parte da graça está na cuidadosa declamação imaginária das falas infantis. As crianças agem em cena no limite da fragilidade e da responsabilidade, bailarinos do próprio equilíbrio, avançando em grupo, passo a passo, no fio de arame que a representação significa, um vigiando e ajudando o outro. O pai imagina que o filho, de fato, não entende a peça que diz e representa, exceto em suas gagues isoladas, mas não importa: é uma tarefa prazerosa com começo, meio e fim, que ele realiza debaixo de um senso absoluto de responsabilidade — ele aprendeu (e apreendeu) que tudo é preciso fazer benfeito, e se põe inteiro na tarefa que assume.

O prazer final é o do narcisista, cada vez mais presente na criança. Se nos primeiros anos tratava-se apenas do egoísmo infantil, a fase em que se é o centro indiscutível do mundo, que foi lentamente lapidada pelos anos até ele perceber os limites do espaço alheio, agora era o prazer de Narciso, sem a sombra da censura — um exibicionismo em estado puro, que o pai tenta também lapidar ainda sem muito sucesso. Como a plateia está sempre pronta a perdoar os pródigos, ele sente que no palco está o território de sua festa: ao final, durante os aplausos, quer aparecer mais, ir à boca de cena, fazer palhaçada, exigir mais aplausos, até que alguém o arranque dali, como numa comédia involuntária de Jerry Lewis — ou de Peter Sellers recusando--se a morrer na primeira cena de *Um convidado bem trapalhão*.

Em outro número, o menino, vestido a rigor num simulacro de smoking, dubla um gordo cantor de ópera em gestos histriônicos, façanha que depois ele repetirá em casa, para os parentes, e tentará repetir várias vezes ao dia a quem quer que esteja disposto a ouvi-lo, até que o pai o proíba ou outra atividade o absorva. Tempos depois, com uma filmadora caseira, o pai fez algumas curtas gagues e mágicas primárias com o filho — é uma boa diversão, em que se põe no Felipe a moldura que lhe dá um sentido, lapidando-lhe os gestos e os excessos até que o próprio menino se veja (o que ele faz mil vezes) na televisão e no computador, como um artista. A educação pela lapidação das formas — como se a mão do diretor explicasse: veja, assim, repetindo o gesto só uma vez, fica mais engraçado. A assimilação das formas é instantânea, antes dos sentidos — o menino gosta de pôr óculos escuros, sentar-se numa cadeira desmontável e gritar: "Câmera! Ação!" A vida é um desenho animado: ele testa os gestos que fazem sucesso na plateia tolerante da família para então repeti-los à exaustão. Não há a mais remota noção de hierarquia artística, de bom ou ruim — para ele, é claro, a distância entre uma palhaçada qualquer repetida à mesa três vezes e o artista declamando Shakespeare é nenhuma. Como um arauto inconsciente dos tempos, nas suas mãos todo o teatro do mundo se esvazia de gravidade. Quando o filho se vê nas gagues filmadas, o pai pensa — o que ele está vendo? Em que dimensão percebe a si mesmo?

Em uma das peças da comunidade, nos anos 1970, como aquela que foi ao palco em São Paulo, o pai representava um mendigo que havia matado a mãe e se confessava num certo Templo das Sete Confissões, em plena Idade Média. Era uma espécie de teatro-verdade, um texto que foi se construindo em improvisos emocionais e emocionados, cada ator criando boa parte de suas falas até o conjunto final ser lapidado pela mão férrea da direção. Havia um pouco de tudo na concepção do projeto, cacos de Jung a Freud, passando por exercícios de humilhação e entrega, sob a sombra de um certo cristianismo medieval impregnado de uma inescapável volúpia da culpa. Cada ensaio era uma sessão quase religiosa — no limite, chegava às vezes a uma verdadeira contrição de penitentes. Na visão do diretor, a concentração não deveria ser a mera expressão de uma técnica, um exercício de autocontrole; deveria ser antes uma fusão com alguma voz verdadeira da alma. A utopia do "sentimento verdadeiro" estava no ar: todos buscavam a "verdade das emoções", o grito primal, a realidade supostamente bruta e incontrolável dos arquétipos, e nessa busca a fronteira entre o mundo estético e o mundo da vida não tinha nenhuma nitidez. Catarse era a palavra-chave: repetindo Aristóteles, a ideia seria purgar as emoções pela vivência "profunda" (outra palavra-chave em tudo que faziam) do sentimento trágico da vida. O anti-Brecht: o sonho do grau zero de distanciamento. Como não havia jamais a intenção de paródia, e como a representação tentava desesperadamente ser "a coisa-em-si" e não uma leitura ou uma interpretação, o ridículo beirava insidioso cada gesto, era o seu duplo ameaçador. Mas o ridículo, aqui, não era apenas expressão da vergonha social, um comentário exterior, um olhar de fora, um sentimento "pequeno-burguês", como se diria à época; o que ameaçava explodir sob a casca desgraçadamente falsa da penitência era a força demolidora do riso contra o império — e a pretensão — da aparência. Em suma, a estetização da vida é o seu ridículo. A sombra do *kitsch*, esse mundo paralelo, fantasma dos nossos gestos, moldura *prêt-à-porter* para colorir a insuficiência intransponível da vida. Simular que um gesto produzido pelo mundo da cultura é natural, autêntico, verdadeiro, uma expressão transcendente e inelutável, um fruto da natureza e não uma escolha contingente entre milhares de outras, pela qual somos responsáveis, é também a essência do messianismo. O messias, de qualquer tipo, é alguém que atribui ao próprio gesto, lapidarmente construído, uma naturalidade — quando não uma divindade — que ele jamais terá.

É o que ele repensa e repisa, anos depois, tentando entender, ao ver o filho agora na boca do palco da *Comédia dos erros*, exibindo-se tão sem vergonha até que um adulto o leve de volta para trás das cortinas. Para ele, os outros são apenas fonte de imitação, nunca de interação (exceto pelo afeto, quando, agora sim, o pai imagina, a natureza toma conta e a imitação silencia). Seu filho vive mergulhos no próprio teatro — diálogos imaginários que ele sussurra entre heróis dos desenhos da televisão, em meio a gestos, pausas, entonações expressivas — de que o menino às vezes tem de ser acordado, como se o transe do mundo alternativo o levasse embora. Muita televisão, o pai às vezes supõe, atrás de um bode expiatório para aquele diálogo de um só, mas não é isso. O diálogo imaginário, parte integrante da aquisição da linguagem de toda criança, estendeu-se ao longo dos anos circulares da vida do Felipe — como ele tem sempre praticamente a mesma idade, o seu sistema de compreensão, referência e linguagem permanece o mesmo, é o que agora imagina o pai. Um refúgio com traços autistas, ainda que suaves. Ele prefere esse refúgio, esse mergulho em suas próprias histórias, repetições de heróis e de figuras míticas da televisão, ao contato com outras crianças. Sinal de que o tempo enfim passou, ele não quer mais ser confundido com "criança". Com algum orgulho, ostenta a barba ralíssima no queixo, que ele mesmo gosta de fazer com um ritual demoradíssimo. Tenta a companhia dos adultos, junto com os pais, e simula gestos, risadas, atitudes, mas os conteúdos lhe são inacessíveis — é o teatro que importa, o sentir-se membro de uma comunidade "adulta", pela relação dos afetos. Receber uma visita em casa é invariavelmente uma festa, uma recepção intensa e curta. Se é um conhecido, repetem-se os bordões e os gestos de camaradagem ou de provocação sempre bem-humorada; se um desconhecido, um "oi" inquiridor e simpático. Às vezes um desarmante e engraçado "Quem é você?". Os diálogos são curtos, perguntas-chave, e as respostas serão mais ou menos padronizadas, sempre com um grande e verdadeiro sorriso no rosto — e lá vai ele de volta para a sua vida, na televisão ou no computador.

Nos últimos vinte anos o pai foi acompanhando sempre que pôde o avanço da tecnologia para estimular o filho, começando pela televisão, desde criança. E, sub-repticiamente, a tentativa de acompanhar o menino exerceu também uma influência inversa, a do filho sobre ele, também um pai com permanente dificuldade para a vida adulta madura, seja isso o que for, ele pensa, sorrindo — e talvez a filha, que não tem nada com isso, sofra as consequências de ter um pai que se recusa a crescer. Anos depois, ele imagina, tudo pode ser desenhado claramente, com uma boa teoria na mão, mas na vida real não temos tempo para pensar em nada. O tempo presente é um tatear no escuro, o pai se desculpa.

Mas há critérios objetivos, ele imagina — é preciso manter a criança permanentemente exposta à linguagem. Televisão. Um estalo na cabeça: é simples. Alguém que viu uma televisão em preto e branco pela primeira vez aos 8 anos de idade e que passou toda a sua formação de juventude detestando aquela caixa, detestando novelas, detestando noticiários, e que acreditou piamente ser a Rede Globo a mãe de todos os males do país, figura tenebrosa a fazer dos então noventa milhões de habitantes uma massa inerte de robôs idiotas repetindo tudo que viam e ouviam, agora enfim compraria uma televisão. Foi uma entrega prazerosa, total, completa, sob o álibi do filho que precisava de estímulos. Mergulhou no mundo fascinante da imagem descartável com a volúpia de um devasso. Televisão, primeiro; em seguida, um videocassete, dos primeiros modelos, um tijolaço comprado ainda num consórcio de 36 meses — para que as crianças vejam desenhos animados estimulantes e repetidos à exaustão, desculpava-se ele. As crianças querem ver sempre o mesmo desenho animado, querem ouvir sempre a mesma história, milhares de vezes, ele se espanta. A menina sabe de cor todas as histórias, que repete para o irmão, a um tempo presente e ausente, e teatraliza situações familiares em que ela é a mãe e ele o filho. Como todas as crianças do mundo em situações semelhantes, a imitação é a força motora de tudo que se cria, o pai supõe, sempre inseguro no seu trabalho de escritor. Mas, ele pensa, felizmente vive distante mil anos-luz da vida literária nacional, refugiado no silêncio denso da província, o que o preserva, também ele autista, do que imagina ser uma triste, angustiante e agressiva mediocridade, contra a qual ele sente que precisa controlar o sopro de um discreto ressentimento, motor de todos os que fazem arte, isto é, que fazem aquilo que, por princípio, não interessa a ninguém. Bem, pelo menos esta arte que eu faço, a literatura, ele concede, enquanto vê músicos na televisão que interessam profundamente, o tempo todo, a milhões de pessoas.

Passa alguns anos — ele se culpa, ainda no Templo das Sete Confissões — mais preocupado consigo mesmo do que com os filhos, todo aquele tempo de escrita e reescrita de livros que não existem, que não se publicam, que, publicados, não são lidos, e que enfim não vendem nada, numa inexistência poderosa e asfixiante. Os livros são diferentes uns dos outros, mas ele parece não aprender nada com a experiência, movendo-se em círculos, ele mesmo uma expressão ampliada do seu filho, envolto sempre no próprio labirinto. É um projeto artístico, ou um projeto terapêutico? — ele se pergunta às vezes, caneta à mão, diante da página em branco. A teimosia: é um homem teimoso. Disfarça o orgulho descomunal de suas qualidades imaginárias com um jeito bonachão de quem parece ser igual a todo mundo. Lentamente começa a se ver como expressão passiva de um projeto existencial que está em alguma outra parte, desenhado por alguém que não ele. Talvez eu esteja a serviço de alguma coisa falsa, um secreto diamante de vidro de que sou vítima. O que não seria — ele admite, assustado — de todo mau. Escrevendo, pode descobrir alguma coisa, mas sem confundir — isso o escritor percebeu logo — a vida e a escrita, entidades diferentes que devem manter uma relação respeitosa e não muito íntima. Só sou interessante se me transformo em escrita, o que me destrói sem deixar rastro, ele imagina, sorrindo, antevendo algum crime perfeito. Ninguém descobrirá nada, ele enfim sonha, oculto em algum refúgio da infância.

O império da imagem: televisão, vídeo, filmes, computador, desenho e enfim a pintura. Pouco a pouco os desenhos despretensiosos do Felipe, canetinhas coloridas sobre papel, começam a chamar a atenção. Ele reproduz desenhos animados — uma folha depois da outra, linhas esquemáticas sobre o papel vão fazendo quadros de uma história mental que ele vai explicando, ou reproduzindo, à medida que desenha, como numa estenografia pictórica acompanhada de sonoplastia: diálogos dramáticos, bordões míticos, às vezes bombas poderosas, um teatro intenso e solitário, um completo isolamento do mundo, exceto pela evocação do que ele vê na caixa colorida da televisão — e os traços tentam acompanhar aquela viagem. Mal o desenho vai a meio, ele já vira a página para outro quadro, de modo que não há papel que chegue.

O pai lembra: aos 16 anos, confessou ao guru que não entendia nada de pintura; em uma orientação certeira, o mestre lhe diz que a pintura é fundamental, que ele deve estudá-la se quiser ser um escritor, e ele obedeceu imediatamente, começando pelos fascículos de banca, depois por histórias da arte e enfim pela imitação escarrada. Comprou tinta a óleo, telas em branco, pincéis e passou a copiar quadros famosos, primeiro um pequeno Manet (um erro infantil: o original era a pastel, e ele usando óleo), em seguida um Munch, depois Van Gogh, que ele enchia de pinceladas grossas e prazerosas. Havia um arremedo de ciência: quadriculava o quadro com lápis, depois o quadro a copiar, e lutava por manter a lógica das proporções. De Gauguin, pintou uma porta dupla na casa da comunidade, quatro quadros preenchendo as folhas de aglomerado. As cópias eram ginasianas, muito ruins, mas ele percebeu o poder da cor — bastava combiná-las seguindo algum mistério de composição (que já estava, é claro, no original), que o efeito sempre era bom, desde que o espectador não se aproximasse muito. Cores à parte, passou a gostar de tudo que era pessimista, carregado e trágico: Munch e principalmente Ensor, aquelas caveiras se fundindo em pesadelos reais e cotidianos. De onde tirava aquilo, ele que passou a vida rindo? Todos os anos sonha em voltar à pintura para brincar de cópias, mas jamais fará isso de novo até o fim de sua vida. Nunca vale a pena voltar ao passado, dizia-lhe o amigo ator da infância. Quando a volta acontece, a carência é tão grande que somos sufocados por tudo que nos falta para imobilizar o tempo e a vida. Acabou-se o que era doce: Fim — ele lê na tela imaginária. Não insista.

Agora vê o filho fazendo o mesmo que ele fazia: copiar, não quadros, mas o que parece a realidade. O menino tem um agudo senso de observação do detalhe, mas não do conjunto, nem das proporções, o que cria uma graça no traço, a realidade distorcida por um olhar incapaz de criar relações hierárquicas no mundo ou algum senso mais preciso de proporção ou perspectiva. O mundo é plano, e tudo o que se vê está perto. O tamanho das coisas não é uma categoria abstrata — aos 25 anos, ainda imagina que há mais suco no copo fino e alto do que no gordo e baixo, com o dobro do volume, ou que dez palitos em fila afastados uns dos outros representam mais que vinte palitos próximos uns dos outros. O que não tem nenhuma importância: se o pai diz que não é assim, ele, indiferente ao fato, colocará a mão na testa, contrito: "Errei de novo! Por Júpiter!" — ou alguma outra interjeição dos desenhos, como "Rato miserável!", do capitão Haddock, outra de suas paixões, que sempre o faz rir. E os olhos já buscarão em torno algo mais interessante para brincar. Toda a inteligência dele, divaga o pai, está na percepção do valor dos gestos sociais, que ele sempre tenta mimetizar. Quem é a criança que faz esses desenhos?

Os papéis voam. Por economia, e por um certo senso camponês de que o papel é produto comparável ao ouro e à prata, a ser tratado com carinho e respeito (até hoje não consegue jogar fora uma folha escrita apenas pela metade — dobra em duas, e das sobras em branco que se acumulam na gaveta faz um bloco de anotações preso num clipe), o pai começa a lhe dar folhas usadas, para que ele desenhe no verso, entre elas originais e cópias datilografadas de seus romances já publicados, até que a mãe é chamada à escola para um encontro com a diretora. Um colega de escola levou para casa, de presente, um desenho do Felipe, e no verso havia trechos cabeludos de *Aventuras provisórias*, palavrões escabrosos e uma cena de sexo. Desde então, ele confere cuidadoso as páginas que passa ao filho, não por ele, que não pode lê-las, mas pelos outros. Talvez fosse o caso de ele não escrever mais essas cenas, brinca o pai, quase a sério. Alguém já lhe disse: livros tão bons! Tão interessantes! Mas os palavrões!... Que pena! Estragam tudo!

O sexo. Muitos anos antes, um colega da universidade perguntou, *desculpe perguntar,* ao cafezinho: e o sexo, para o Felipe? O menino tinha 4 ou 5 anos — o pai ainda não havia pensado nisso, mas começava a pensar. Esse talvez seja o ponto mais terrível a enfrentar, ele imaginava, na corrida de cavalos da normalidade. Os anos passam e o sexo — pelo menos aquela imagem de um comportamento fora de controle social que às vezes lhe vinha em pesadelo — vai passando ao largo, também ele objeto, para o Felipe, de uma mimetização de comportamento social. A escola especial que o menino frequentou anos e anos em período integral teve certamente um papel regulador fundamental dos quadros de comportamento. Em alguns momentos, Felipe criava "namoradas" — Fulana ou Beltrana, colegas da escola. Bastava alguém chegar em casa que, sentado no sofá como um adulto, pernas cruzadas, um certo ar compenetrado de importância, ele começava a contar em sua sintaxe entrecortada:

— Tenho uma namorada.

A visita, gentil:

— Ah, você já tem uma namorada?

— Hahan. Namorada minha.

— E qual é o nome dela?

Ele parece pensar para responder, coçando a barbichinha de sábio chinês, e ergue o dedo indicativo, feliz:

— Hum... o nome dela é Juliana. Nós vamos casar. — Parece súbito a descoberta de um plano secreto: — Isso! Vamos casar! — Ele se entusiasma: — Vamos pegar um avião! Vamos para a Alemanha!

— E por que a Alemanha?

— De avião.

— Sim, sei que você vai de avião. Mas por que a Alemanha?

— Lá tem futebol! — É difícil acompanhar a lógica da sequência. No silêncio curto, Felipe mostra o músculo do braço: — Olhe! Veja! Sou o mais forte! Tenho músculos! — Mais duas ou três micagens e ele mesmo pede licença: — Acho que vou brincar no computador! — E como quem nos consola pela sua ausência: — Vocês ficam aqui, conversando! Tudo bem. Ficam conversando!

Em dois momentos sociais parecidos o pai sentiu a agulhada da velha vergonha, junto a um sentimento difícil de desamparo — estamos diante (o pai diria, se pensasse tranquilo na frente do computador, um dia depois, já encapsulado na figura do escritor) de uma impossibilidade metafísica: o meu filho não é uma criança normal, e cada dia que eu mantiver na cabeça essa normalidade, uma sombra que seja, como modelo e referência, eu serei infeliz, muito mais do que ele próprio conseguiria ser; para meu filho, esse quadro de valor é radicalmente inexistente. Eu sou o problema, ele diria a ele mesmo, um súbito desejo de acender o cigarro que abandonou por completo há mais de cinco anos (chegará a apalpar no bolso a carteira imaginária). Vamos (será preciso dizer): abandone de uma vez por todas essa corrida de cavalos que moveu a sua vida. Ele não gosta do imperativo, nem mesmo para si próprio, ao espelho: ninguém me dá ordens. Um orgulho idiota, um pequeno teatro: passou a vida obedecendo, tentando se ajustar a alguma coisa que ele não sabe o que é.

Numa visita a um velho amigo, Felipe aproxima-se da menina da casa (que ele nunca viu), com o mesmo tamanho dele, abraça-a e lhe dá um beijo na boca: "Meu amor, meu coração! Ela é minha amor!", ele diz, a concordância incerta, apaixonado de repente, os gestos largos do histrião e do mentiroso, mas disso ele não sabe: é só alguma cena de novela. Os tabus sexuais são fortes, às vezes terríveis — a menina, é claro, se assustou, sob o sorriso compreensivo de todos (há um milhão de fios sociais em jogo num momento assim, uma breve tensão entre cinco pessoas conhecidas, como se a civilização tivesse de dar um pequeno tranco para reajustar-se a uma situação nova, que não é obra de ninguém sozinho), e o pai imediatamente afastou o Felipe com uma reclamação discreta, algo como "Cumprimente direito, rapaz! Que coisa mais feia!", uma breve eletricidade repressora que o menino sentiu instantânea, sob três ou quatro estímulos contraditórios que ele tem dificuldade para sintetizar. Em casa, um sermão agora mais didático que opressivo: "Não se faz assim, Felipe. Você não pode sair por aí beijando as meninas." Ele ergue os braços, pedindo paz: "Não faz mal. Eu estava distraído. Eta guri!" Teatral, bate o punho na própria testa: "Não vou fazer mais. Droga! Eu errei! Macacos me mordam!" Olha em torno; quer escapar logo dali: "Acho que vou desenhar um pouco."

Tempos depois, ele mudou de tática: em outra visita, na casa de outros amigos, sentou-se ostensivamente ao lado da menina da casa e abraçou-a, sorridente, desta vez sem beijá-la: "É minha namorada!" É só um teatro de crianças, mas manteve-se um fio de tensão, o pai com o rabo do olho vigiando o filho, que se comportou, mas a presença daquele menino estranho permanentemente ao lado da menina perturbou-a, é claro, e afinal perturbou a todos, como quem está diante de um inescrutável urso, gentil — mas nunca se sabe do que é capaz. E não é capaz rigorosamente de nenhum gesto agressivo, de nenhuma violência — não porque seja uma pessoa boa, um Adão saído do Éden com a pureza dos inocentes, ressalva o pai, no desespero perpétuo de dar nome exato às coisas, mas porque talvez o mal exija uma sofisticação mental que ele não alcança. Como se o bem fosse mecânico, e o mal, elaborado. O que daria razão a Rousseau? — ele sorri. Não: é como se o bem fosse um valor social, dos outros; o mal, parece, é exclusivamente nosso, o que é mais difícil. Uma única vez em muitos anos a escola reportou uma agressão do Felipe: um soco numa colega, depois de uma extensa provocação, o que o deixou depressivo (o peso da culpa, que ele sentiu poderosa) por uns dois ou três dias, recusando-se a voltar às aulas.

O pai lembrou também de sua única agressão na vida, aos 12 ou 13 anos, um soco violento num colega que o ridicularizava, dias seguidos, na fila de ônibus em frente ao Colégio Estadual. Não lembra mais de nenhuma circunstância, nem do que lhe dizia o menino de tão duro, pesado ou ridículo: apenas da violência do soco, que tirou sangue da boca do colega. Ele caiu e recuou assustado, engatinhando para fugir dali: "Você é louco! Eu vou contar para o diretor!" Nunca cumpriu a promessa — apenas passou a evitá-lo e a evitar o mesmo ônibus. No futuro escritor, aquele soco — e a notícia correu — foi um breve momento de orgulho e liberdade, o prazer e o poder da brutalidade. Em vários outros momentos de sua vida adulta lembrou-se daquele soco iniciático, algo como: "Eu sempre tenho esse recurso de reserva, em último caso." Várias vezes ele imagina, diante de alguém que o desagrada atrás de um balcão, o médico voraz, o funcionário do banco, o crítico literário, o recepcionista carimbador (dizendo que falta um xerox), o deputado federal: e se eu der um soco nesse filho da puta? Ele sorri com a ideia e se distrai, imaginando que muitos já pensaram exatamente a mesma coisa diante dele. Eu sou alguém difícil, ele supõe, como se isso fosse uma qualidade rara. O sangue quente: como é difícil esfriá-lo! Por isso evita tanto as pessoas, ele imagina, por isso refugiou-se desde sempre na timidez. Por isso bebe, dramatiza ele, com uma risada, abrindo outra cerveja. Que terá de largar um dia, ele imagina, como largou o cigarro anos atrás, para nunca mais — eu tenho de viver mais que meu filho, ele sonha, para jamais deixá-lo sozinho: só eu o conheço, ele se diz, sem perceber, inocente, a estupidez de suas palavras.

Comigo o amor também chegou antes do sexo, ele sonha, achando graça da mentira, buscando na memória algum momento primeiro. Nunca foi precoce em nada. Aos 15 anos, férias de verão, decidiu passar um mês na casa do mestre, em Antonina. Chegando lá sem aviso prévio — o mundo sem telefone, que não fazia falta —, descobriu desolado que todos iam viajar no dia seguinte. Mas ele poderia ir até Paranaguá, cidade próxima dali, uma hora de viagem, e conhecer a família da Dolores, que estava se mudando para a ilha da Cotinga, onde o guru viveu nos anos 1950, numa casa em estilo japonês que ele mesmo erguera, e que agora cedia aos amigos. Um refúgio romântico de artista. "Por que você não vai com eles para lá? É um pessoal ótimo. E você passa uns dias na ilha. Será uma bela experiência." Como personagem de um folhetim do século XIX, recebeu uma extensa carta de apresentação. "Lá chegando, entregue a ela", disse o mestre, o que o menino, ainda inseguro do que fazer, acabou aceitando como uma missão a cumprir. Pela descrição que ouviu, desenhou uma Dolores mítica: uma argentina com o dom da poesia, casada com um uruguaio que teria um posto no consulado, algo assim, jamais esclarecido exatamente — uma névoa charmosa de referências. E tinham quatro filhos pequenos. Estavam agora se mudando para a ilha, ela com os filhos, enquanto o marido continuaria trabalhando na cidade. O simples conjunto de signos — "poesia", "ilha", "consulado" e "estrangeiros" — já dava àquela família uma aura especial, uma ideia que ele sorveu feliz. Carta à mão, coração aflito, bateu na porta de um prédio histórico azul desbotado, caindo aos pedaços ao lado de outras ruínas na rua principal da velha cidade portuária, e atendeu um homem mal-encarado com a camiseta furada, barba por fazer, músculos, cicatrizes, tatuagens — a figura imensa fechava a porta, truculento como um vilão de Dickens, e falando um espanhol que ele captou aos cacos. "Dolores saiu e só chega às seis. Amanhã eles se mudam para a ilha."

Eles? Então quem o atendeu? Era uma da tarde. Passou um tempo caminhando pelas ruas estreitas da cidade que desconhecia — foi a primeira vez que viveu essa experiência de andar horas que parecem intermináveis por uma cidade estranha, apenas prestando atenção em fachadas e pessoas, e sentindo uma solidão miúda se entranhar na alma como uma couraça, uma sensação que se repetiria muitas vezes nas andanças de sua vida. A brutalidade da timidez. Tinha algum dinheiro no bolso, mas, de vergonha, não entrou em nenhum restaurante ou bar para comer. Preferiu mastigar um sanduíche na calçada do mercado. Mais tarde, descobriu um livro policial de capa amarela numa banca de jornal e comprou-o. Foi para a praça central, sentou num banco diante do coreto e ficou lendo até quase as seis — o livro era tão bom que ele quase preferia continuar com ele a enfrentar Dolores. A imagem daquele homem fechando a porta não era animadora. O que estaria escrito na carta? — ele sonhava de vez em quando, erguendo os olhos do livro. O envelope, que o guru deixou aberto, marcava a página, mas ele se recusava a ler o que estava lá — uma transgressão que não se permitiu.

Desta vez a própria Dolores assomou à porta — uma figura idêntica à Yoko Ono. Ele imaginava outra pessoa. Estendeu o envelope, que ela abriu ali mesmo, ele na calçada, aguardando, sentindo um travo de derrota na língua que apertava discreto entre os dentes: talvez seja melhor voltar para Curitiba e pensar em outras férias. Mas a figura de Dolores foi se iluminando à medida que lia e abriu passagem sem mesmo erguer os olhos do manuscrito, um sorriso suave de oriental — mas era uma índia. O sotaque carregado, e sempre gentil:

— Entre! Então você é poeta?!

Isso era um passaporte especial. Ele gaguejou alguma coisa — sempre se sentiu um mau poeta, mas o guru costumava ser generoso diante da mínima qualidade; de quem quer que aparecesse, ele tirava leite de pedra. Entrar naquela velha casa inacreditavelmente aos pedaços — tudo era ruína, portas caindo, sofás capengas, luminárias com teias, tapetes rotos, livros jogados em meio a um escuro sugestivo de corredores e outras portas e cortinas mal penduradas, prateleiras pela metade, algumas crianças voejando em torno, ao fundo uma mesa onde quatro brutamontes xingando em espanhol jogavam baralho a dinheiro sob uma luz de cinema, todos fumando em toda parte — era uma aventura de Pinóquio na Ilha dos Prazeres. Em dois minutos estenderam-lhe uma caipirinha, que ele sorveu feliz, sentindo a primeira pancada de tontura. Depois, gole a gole, seguiu-se uma sequência onírica de imagens, pessoas gentis em torno. Alguém apareceu com um violão, e começou a cantar — é um artista plástico importante da cidade, disse-lhe Dolores, num sussurro, e conduziu o menino à cozinha, onde preparava alguma coisa para comerem. "Sente aí" — e ela afastou alguns pratos por lavar, e em seguida chamou algum nome e conversou com alguém — o filho mais velho, ele adivinhou — sobre alguma tarefa caseira que não tinha sido feita, mas tudo em voz baixa, e em seguida passou a descascar batatas enquanto conversava, perguntando de sua vida. Uma mulher inteira delicadeza no meio daquele horror — e o menino esforçava-se por detonar todos os preconceitos da cabeça, para renascer purificado num mundo mais livre. Estava em missão.

Deu outro gole da caipirinha, que queimava amargamente a alma agora liberada, e súbito apareceu Virgínia, a filha quase da idade dele, linda como uma porcelana, por quem se apaixonou instantâneo prevendo num átimo uma vida completa até a velhice, talvez na ilha da Cotinga mesmo, cheios de filhos, vivendo à margem, como quem faz da vida, poesia; e começou a escrever mentalmente o seu primeiro poema legítimo de amor, estrelas, céu, lábios, noite, sereia rimando com areia. Mas Virgínia, coquete, parecia mais interessada por um galã de cinema, um boa-pinta de uns 30 anos, loiro de olhos verdes, corpo de atleta sempre sem camisa, mergulhador profissional, também hospedado ao acaso da Dolores. E era um bom vilão, dos de cinema, o pequeno poeta foi descobrindo nas entrelinhas: estava de olho no butim do navio argentino *Misiones*, embargado por dívidas na baía de Paranaguá e cuidado pelos quatro últimos marinheiros que restavam — aqueles hóspedes eternamente fumando e jogando baralho —, ainda esperançosos de ter direito a algo quando o imbróglio jurídico se resolvesse. A arca do tesouro, ele lembra, era a hélice de bronze do navio arruinado, uma conquista com toques folhetinescos: seria preciso serrar o eixo debaixo d'água, com a hélice previamente amarrada sobre almofadões de ar, e levar a peça embora na luz de alguma madrugada escura, enganando a polícia marítima, para vender em outras plagas por uma suposta fortuna. Toda semana os marinheiros apareciam ali com algum objeto arrancado do navio já fantasma, abandonado ao largo como uma baleia morta — beliches, ventiladores, peças de cobre, tudo vendiam para sobreviver. O menino sorvia aquele mundo encantado junto com a caipirinha sempre cheia, ouvindo a música dos artistas e sentindo o aroma da *cannabis*, que experimentou também pela primeira vez. Depois, teve de ser levado aos fundos para vomitar — uma lua difusa brilhava acima da copa das árvores, nos poucos momentos em que ele conseguia olhar para o alto. Deram-lhe água, muita água, e ele de um golpe viveu a sensação perfeita de que estava morrendo, de que jamais escaparia daquele inferno físico, ironicamente no melhor momento de sua vida; era impossível curar aquela ânsia de vômito, a tontura invencível, o mundo que não para de girar, o monstro na cabeça — ele faria qualquer negócio para dormir, mas era impossível. Tudo rodava interminavelmente, por mais que ele fechasse os olhos com força para desaparecer na escuridão, até que, por milagre, o dia amanheceu — de repente acordou, o rosto babado, o corpo inteiro torto num sofá de dois lugares, na sala escura onde penetravam fios de luz que pareciam imponderáveis lâminas de pó. Ouviu um trecho de conversa lá da cozinha — "Esse garoto quase morreu." "Ninguém sabia que ele estava praticamente em jejum." "Um bom rapaz." E fechou de novo os olhos, sentindo-se protegido, o zumbido na cabeça. Mas, cortina da sala aberta, aos trancos, porque emperrava no alto, o sol devolveu a vida ao menino que, ainda tonto, bebeu o café da manhã e comeu o pão com manteiga, disposto a ajudar na mudança. Aquela tinha sido a festa de despedida da cidade, explicou Dolores. "Você está melhor? Ficamos preocupados com você!" Sim, ele já estava praticamente novo. "Nada como a juventude", e ela riu.

Nada pior, ele poderia concluir várias vezes naquele mês, ao tentar atrair a atenção de sua musa esquiva. Mas o saldo era bom: até o sofrimento permitia uma boa moldura. À tarde, embarcaram para a ilha da Cotinga numa baleeira robusta cheia de malas e pequenos móveis, rancho por um bom tempo, mais o fogão e um bujão de gás, e ainda aqueles retirantes inverossímeis, ele incluído por acaso. O céu azul, uma brisa agradável no rosto. Sentiu uma melancolia intensa e feliz — amontoado naqueles cacos flutuantes, o mundo inteiro, cada detalhe, o perfil da ilha aparecendo logo adiante no capricho de árvores, morros e pedras, a cor do mar, o ronco abafado do motor do barco, tudo parecia desenhado exclusivamente para ele, prometendo um futuro de felicidade absoluta. Em menos de 24 horas vivera um ritual bruto de iniciação e saíra dele inteiro, fortalecido, agora habitante de uma irmandade, e já quase um adulto. Faltava-lhe apenas o amor — e o menino imaginava-se abraçado com a imagem da pequena e bela índia que, encarapitada na proa como uma carranca viva do rio São Francisco, discutia aos gritos com o irmão mais velho, até que Dolores os acalmasse.

Como para o pai, para o filho também a mulher é uma boa ideia, uma paixão inocente que Felipe ilustra com corações voadores aprendidos na escola, que começa a domesticar, no bom sentido, o seu traço, e depois a sua pintura. Pouco a pouco, os borrões descuidados da tinta nas aulas de arte — ainda sob o impulso dos desenhos automáticos que reproduzem o seu teatro instantâneo — começam a se fazer com paciência e carinho, ilustrando um mundo pré-ingênuo, porque não tem outra referência. Na cabeça dele, o pai imagina, tudo está em tudo, ao mesmo tempo. Pintar é reproduzir, e mesmo a distinção entre realidade e fantasia parece difusa, quando verbalizada. Assim como ele quer casar com a Juliana e viajar para a Alemanha, ele também quer ser jogador de futebol profissional, no centro de um egocentrismo absoluto e sorridente, sempre com o entusiasmo de quem descobre uma solução mágica quando o Clube Athletico Paranaense — ele vestido com a camisa rubro-negra, na janela a bandeira gloriosa — vai mal no jogo. "Veja! Eu vou lá! Vou jogar no campo com eles! Eu já tenho a camisa! Aí eu vou lá e faço gol! Que tal minha ideia? Ideia boa?" Ele aguarda ansioso e feliz a aprovação do pai para o seu projeto salvador. Mas o pai não pode aprovar — apenas transformar a reprovação em afeto, com um abraço de urso: "Que tal ser só torcedor, que nem o pai?" Tenta explicar à criança de 25 anos por que ele não pode entrar no campo para jogar com os outros, mas é uma tarefa absurda; as palavras usadas — profissional, atleta, adulto, regras, treinamento, contratação — todas vão caindo num balaio esotérico de referências inalcançáveis, tão sem sentido quanto "na semana passada" ou "depois de amanhã". Mas o peso da atitude social, cujos códigos ele conhece, suplanta todas as outras carências, e o menino se conforma: "Ah, não faz mal. Tudo bem. Eu fico só torcedor então" — e os olhos se voltam à telinha, onde o Athletico (estamos em 2006) está perdendo mais uma.

Nesse mundo masculino antes e além da ingenuidade, o pai rumina, a imagem da mulher é mais uma peça de um mundo que se desenha sem perspectiva, atitudes sem essência nem intenção, gestos sem a dimensão do tempo e de sua necessária responsabilidade; como se o impulso biológico se esfarelasse a meio caminho, incapaz de encontrar um andaime social que lhe dê um sentido e uma história — nesse caso, se o pai está certo (o que ele não sabe), no seu filho a ideia de "amor" de fato encontra a dimensão absoluta sonhada pelos poetas, o breve abismo fora das agruras do tempo e do espaço, prazer transcendente e comunhão universal — e, inseparável, a mais completa solidão possível. Sim, o amor vem sempre antes do sexo — nesse, a realidade enfim nos agarra e nos povoa sem remissão nem moldura.

No ateliê de pintura que Felipe frequenta o dia inteiro, feliz, duas vezes por semana, a graça do seu traço espontâneo encontra a disciplina das formas, um colorido básico e atraente e algum domínio técnico, de modo que suas telas pintadas com acrílico começam a se tornar um sucesso caseiro e atraem a atenção — todos os meses, orgulhoso, ele mostra a carteira com o dinheiro das vendas, sempre com planos mirabolantes de ficar rico e comprar o mundo; ou, à falta disso, comprar mais uma camisa do Athletico, o que dá no mesmo. Para ele, comprar um carro, um pacote de figurinhas ou uma camisa é a mesma coisa. Tudo é teatro, atitudes que mimetizam o que ele vê e ouve e se transformam em puro gesto, desprendido de sua rede utilitária original. Exatamente o que acontece com a pintura, parece — pintar seria menos a realização de um projeto pessoal (o que não faz sentido nenhum para a criança eterna), e mais o cumprimento de um papel social, um lugar que se ocupa e que nos define.

Como em tudo que se aprende a dominar, a domesticação do seu traço não se fez sem uma ponta de perda, as consequências do ensino, e o pai, paranoico, muitas vezes imagina que o filho está sendo ajudado mais do que devia. (Uma bobagem completa, o que ele foi percebendo ao longo dos últimos anos.) Por exemplo, o menino ainda não tem a sintonia fina dos dedos (na verdade, maturidade neurológica) para desenhar com pincel os contornos sutis entre os objetos do quadro (que é sempre basicamente um desenho colorido, como quem flagra e isola um instante de uma história em quadrinhos); os contornos ficam grossos, às vezes impacientes, irregulares, manchados, e com frequência a paciente professora faz esse trabalho por ele, o que inquieta o pai, obcecado pela ideia de absoluta "autoria", tão inacessível à cabeça do menino (toda a teia de referências culturais que definem o "sujeito", o indivíduo inalienável como uma entidade isolada numa redoma, o suposto proprietário de si mesmo) quanto qualquer outra abstração semelhante. A preocupação com a autoria não faz o mínimo sentido para a criança, para quem pintar é uma atividade prazerosa compartilhada com os colegas, uma brincadeira socializada e um visível orgulho pela tarefa bem-feita — o que ele sente pelo encanto sincero que seus quadros provocam. O principal, o que realmente interessa, o que é uma bela conquista — o pai caturro começa a perceber — é que a pintura do filho vai além do mero artesanato repetido de formas. Ele já tem um estilo, uma marca inconfundível que vem do desenho e passa à pintura; ele tem, nos limites de sua síndrome, uma visão de mundo, e seu trabalho a expressa.

E acontece também no menino a atitude do "artista", alguém que por conta própria se define como tal, o que é sempre um gesto potencialmente petulante; no mundo adulto, o pai sabe, definir-se "artista" é quase que um bater de pé social, um forçar a porta de entrada para um éden libertário, onde não se prestam contas de nada — enfim, uma sombra do paraíso perdido. Felipe gosta de afirmar aos outros (quando está concretamente diante de um quadro dele, porque é só então que ele lembra) que é um "artista plástico", o que ele às vezes faz apoiando-se na parede ao lado da obra, mãos no bolso, cruzando uma perna sobre a outra, a ponta do pé tocando o chão numa pose que se completa com a inclinação do corpo, como um mestre de

cerimônias de si mesmo, uma paródia inconsciente da pretensão —
qualquer uma. E ele sempre acha graça, feliz.

O pai inveja o filho, capaz de equiparar "artista plástico" com "astro-
nauta" ou "jogador de futebol", e esquecer de um e de outro no minuto
seguinte; nada mais fácil, parece, que preencher um papel social. O pai
sempre se recusou a dizer, fazendo-se humilde, que "escreve umas coi-
sinhas", o álibi de quem se desculpa, de quem quer entrar no salão mas
não recebeu convite. Nunca foi esse o seu caso; sempre viveu debaixo de
uma autonomia agressiva, beirando a sociopatia; e ao mesmo tempo por
muitos anos teve vergonha de se afirmar, intransitivo, um "escritor", e a
angústia maior vinha do fato de, durante década e meia, não ter nada
para colocar no lugar quando lhe perguntavam o que fazia na vida; dizer
"eu escrevo" seria confessar uma intimidade absurda, equivalente à da
vida sexual ou à dos problemas de família, entregar o que se sonha no
escuro, a massa disforme dos desejos; partilhar o hálito, confessar esse
amontoado de palavras inúteis mas arrogantes, pretensiosas, papagaios
empinados pela vaidade; durante todos esses anos sentiu o peso do ridículo de ser escritor, alguém que publica livros aos quais não há resposta,
livros que ninguém lê; e que resistiu bravamente, e pelo menos nisso
teve sucesso, ao consolo confortável, à coceira na língua, quase sempre
calhorda, de despejar no mundo as culpas da própria escolha. É simplesmente um fato com o qual temos que lidar sozinhos, ele imaginava,
escoteiro, anos a fio, camponês de si mesmo, girando no seu mundo de
dez metros de diâmetro, até que se tornou professor, um trabalho, esse
sim, que lhe pareceu realmente defensável, um trabalho que lhe valeu
um suspiro de alívio, o álibi perfeito na vida — ele era, finalmente, alguém, e alguém até de alguma importância. Uma bela figura diante do
quadro-negro! Isto é, ganhava algum dinheiro com o suor do seu rosto,
como queria o seu pai e o pai de seu pai até o início e o fim dos tempos.

"Mas onde ficou o seu Nietzsche de adolescente?" às vezes o pai se
pergunta, envelhecido ao espelho. "Na infância", responde-se, sorrindo,
os dentes afiados como sempre, e fora de prumo. Mais precisamente —

ele fantasia —, na pedra da Cotinga, uma pedra grande em frente à casa da ilha, com vista para a baía, de onde se contemplava no horizonte o espectro cambaio do *Misiones*, o clássico navio pirata que ele sempre quis habitar, já inclinado pela força voraz daqueles saques miúdos da sobrevivência de seus últimos fantasmas. Na pedra restou a infância, ele repete, corrigindo-se, como um verso que se relembra aos pedaços. Ficavam às vezes durante horas Dolores e as crianças, ele incluído ("Mas como são finos os teus cabelos", ela dizia, passando a mão suave em sua cabeça), olhando o mar e conversando baixinho sobre tudo que parecia transcendente na vida, entremeando-se o enlevo com pequenas bobagens do dia a dia. Ao anoitecer, a lua cheia de cartão-postal mais uma vez desenhava o lugar-comum se esparramando no mar num tapete de cintilações, que ele absorvia com desejo de ser ele também parte da natureza, incluída Virgínia — que, a um metro dele, estava a mil anos-luz dali —, antecipando uma vida longa cheia de sentidos autoevidentes que se desdobrariam um após o outro até chegar a alguma plenitude panteísta (desde aquela época, a ideia de Deus estava ausente de sua vida): *A vida coroada*, talvez fosse o nome do quadro, se ele pensasse nisso, figuras neoclássicas extraídas dos fascículos vivendo uma epifania de autenticidade.

Parece que não é preciso muito para chegar lá, ele imagina — basta a sutileza de pequenas correções, toques amaciantes, omissões discretas, algumas legendas defensivas, ou não suportaríamos tanta realidade. Mas, como nos sonhos de Freud, em que absolutamente tudo é falso, exceto o terror que sentimos suados até abrir os olhos de repente para desabar na segurança do mundo real, também na memória tudo é falso, exceto o êxtase tranquilo que ela evoca enquanto nos povoa. Na biblioteca que o mestre deixou na ilha — livros inchados de umidade, vítimas de goteiras, carcomidos de traças, emendados uns aos outros por força de teias de aranha ou por caprichosos ninhos de vespas — o pequeno rato foi avançando com a voracidade de um arqueólogo, lendo um livro atrás do outro, na plena liberdade do caos da Dolores, a República de Platão revisitada. Fumando — aprendeu rápido — leu *As confissões*, de Rousseau, e *A engrenagem*, de Sartre, e por momentos teve a sensação soberba de saber tudo o que precisava para a vida; só Virgínia prosseguia incapaz de perceber isso. Na cozinha — que funcionava abastecida com um rancho básico uma vez por semana pelas vindas de Pablo, o pai das crianças, uma figura magra, gentil e misteriosa, de gestos delicados e voz baixa — o rádio de pilha tocava mil vezes ao dia *Pata, pata*, de Miriam Makeba, de que ele, enquanto virava as páginas do livro que estava lendo, traduzia o refrão irresistível como "Tá com pulga na costela! Pati! Patatá!", o pé enterrado no prazer da infância.

Pulgas não havia, mas mosquitos — de modo que mesmo no calor ele preferia andar de mangas compridas, como um mórmon, e testava todas as maneiras de fugir deles ou espantá-los, da fumaça de cigarro soprada em torno, num halo inútil diante das esquadrilhas ferozes, até, em último caso, um balde da água gelada do poço, despejada direto na cabeça, três vezes seguidas, num banho de purificação no mato em meio a urros catárticos de Tarzan, de que todos riam, exceto Virgínia, penteando indiferente os longos cabelos. A bebida — caipirinha — todas as noites ajudava a anestesiar as picadas; e, quando o cigarro acabava, saía a catar os mil tocos espalhados pela casa, destrinchá-los e a estocar o fumo recolhido numa latinha, para cigarros econômicos feitos à mão num ritual paradisíaco sobre a pedra do fim de tarde. Essa memória — quarenta dias e quarenta noites na ilha, sem retorno — se fundiria com as subsequentes, na vida comunitária de alguns anos, até os pedaços de lembrança se desprenderem avulsos, cada um deles em seu próprio desamparo, na pequena diáspora que, essa sim, dá sentido a tudo — como a morte de Dolores por overdose, alguns anos depois. Voltou para Curitiba feito um pequeno adulto, comprando na rodoviária sua primeira carteira de cigarros, Capri, mais curtos que os normais, e sorvendo as tragadas com as tintas da melancolia. No seu termômetro particular, ele calcula, aquele representou um dos momentos de mais alta felicidade de sua vida.

Uma medida metafísica que seu filho desconhece, estendendo ao pai um papel e uma caneta: "Escreve aqui: ônibus." Jamais aprendeu a ler ou escrever, mas é capaz de copiar as letras no teclado do computador e viajar na sequência interminável de páginas do Google, com um total domínio do mouse e da lógica aparentemente autoexplicativa das janelas do Windows e do sistema de gravação, reprodução e transformação de arquivos e programas, do Word ao Photoshop. Uma das invenções tecnologicamente mais sofisticadas da história do mundo é capaz de ser manipulada com extrema facilidade por seu filho, sem praticamente nenhuma aula algo assim teria mesmo de ser o sucesso estrondoso que é. O menino sabe criar pastas novas (às quais dá os nomes de FELIPE, ou FELPEI, ou FLIPE, ou então de ATLTEICO, ou ALTLETCO, sempre com uma ou outra letra trocada). Sabe escrever algumas palavras, só em maiúsculas — o nome dele, o do seu time, o nome da irmã. O ônibus que ele procura é o do Athletico Paranaense, que ele viu em algum lugar e quer agora reencontrar na internet para colocar de papel de parede — substituindo o anterior, como quase todo dia, numa perpétua renovação: a bandeira do Brasil, a Arena da Baixada, a fotografia da irmã, ou a dele próprio, de terno (ao contrário do pai, que usou gravata a contragosto cinco ou seis vezes na vida, o filho ama usar terno e gravata, e tira fotos dele mesmo com pose de artista, que depois transporta para o Corel Draw, colocando FELIPE de legenda, o distintivo do Athletico no alto e mais algumas fotos em torno, como um altar, um conjunto que ele imprime e deixa no porta-retratos até que uma nova obra venha substituir a anterior). O pai escreve — O N I B U S, sem acento, para não complicar a tarefa — e corre aflito ao teclado, caindo num labirinto infinito de referências cruzadas, até que venha de volta ao pai, de novo com papel e caneta:

— Não é isso! Você não entendeu! Escreve aqui ônibus do Athletico.

O pai tenta explicar:

— É melhor você ir direto no site do Athletico.

— Lá não tem. Eu não achei.

— Então que tal pintar você mesmo o ônibus do Athletico? O rosto se ilumina como o rosto do Dexter, um de seus desenhos favoritos, e ele estala os dedos, franzindo a testa, personagem de si mesmo:

— Humm! Boa ideia!

No seu traço, o ônibus terá umas oito rodas enfileiradas, e em cada janela um rosto sorridente. Todos os personagens do filho são inesgotavelmente felizes. Mesmo os heróis lutadores batendo espadas sorriem enquanto lutam, caem e morrem, para renascerem sorridentes no próximo desenho.

O tempo. O pai tenta descobrir sinais de maturidade no seu Peter Pan e eles existem, mas sempre como representação. Na exposição de quadros promovida pela professora do ateliê num shopping da cidade, onde toda a turma passou o dia, Felipe não quis assistir ao último desenho de Walt Disney, *Os sem-floresta*, porque "é filme de criança". Ao mesmo tempo, é capaz de ficar dez horas seguidas (se não for arrancado de lá) em frente ao computador jogando *Astérix e Obélix*, resmungando interminavelmente e irritando-se quando não consegue passar para a próxima fase. Ou assistir todas as noites, antes de dormir, às *Meninas superpoderosas*.

O menino sente muita dificuldade para aceitar novidades ou mudanças de rotina, preferindo sempre o que já conhece, e o pai terá de obrigá-lo a assistir algo novo, junto com ele até o fim, até que descubra que a novidade pode ser interessante. Nesse universo repetitivo, o futebol foi lentamente se transformando num estímulo poderoso. O futebol, esse nada que preenche o mundo, o pai imagina, logo o futebol, uma instituição de importância quase superior à da ONU e que ao mesmo tempo congrega em sua cartolagem universal algumas das figuras mais corruptas e vorazes do mundo inteiro, um esporte que onde quer que se estabeleça é sinônimo de falcatrua, transformado num negócio gigantesco e tentacular, criador de mitos de areia, a mais poderosa máquina de rodar dinheiro e ocupar o tempo jamais inventada, a derrota final das inquietações do *dasein* de Heidegger, o triunfo definitivo das massas, o maior circo de todos os tempos, vastas emoções sobre coisa alguma — o pai vai se irritando sempre que pensa, escravizado também ele àquela dança defeituosa que jamais completa mais de cinco lances seguidos sem um erro, um esporte que sequer tem arbitragem minimamente honesta até mesmo por impossibilidade do olhar dos juízes de dar conta do que acontece (em todos os jogos do mundo acontecem falhas grotescas), e no entanto urramos em torno dele, a alma virada do avesso — pois o futebol, essa irresistível coisa nenhuma, passou lentamente a ser para o Felipe uma referência de sua maturidade possível.

O futebol tem todas as qualidades para isso, suspira o pai, tentando pensar ao contrário do que pensa para descobrir alguma coisa nova. Antes de tudo, a afirmação de uma noção de "personalidade" que o seu time representa, incluindo aí o dom terrivelmente difícil de lidar com a frustração — a derrota. Nos primeiros anos de fascínio, uma derrota do seu time era uma mudança instantânea de equipe, revirando gavetas atrás de uma camisa melhor para vestir; pouco a pouco o menino começou a perceber (por mimetismo social) a importância secreta da fidelidade, e então sua relação com o jogo mudou. A noção de novidade: ao contrário do joguinho da FIFA, que ele roda no computador praticamente sem pensar, repetindo milhares de vezes os mesmos lances, uma partida real é (quase) sempre imprevisível, o que dá uma dimensão maravilhosa à ideia de "futuro", não mais apenas alguma coisa que ele já sabe o que é e que vai repetir em seguida, para todo o sempre. Talvez, o pai sonha, confuso, os milhões de pessoas que superlotam os estádios estejam em busca exatamente desse breve encantamento: do simples futuro, do poder de flagrar o tempo, esse vento, no momento mesmo em que ele se transforma em algo novo, uma sensação que a vida cotidiana é incapaz de dar. A milimétrica abstração entre o agora e o depois passou enfim a fazer parte da vida do menino; um campeonato de futebol é a teleologia que ele nunca encontrou em outra parte.

E o jogo tem mais qualidades, o pai conta nos dedos: a socialização. O mundo se divide em torcedores, e por eles é possível classificar nitidamente as pessoas — sempre que chega alguém desconhecido em casa, ele pergunta seu time. "Fluminense", dirá o visitante. Felipe vai à sua coleção de camisas e volta vestindo uma camisa do Fluminense para abraçar a visita. Diplomacia feita — a operação é sempre um sucesso, ele sabe —, ele voltará à sala depois, é claro, com a camisa do Athletico, em meio a risadas. O conceito de campeonato — as partidas, para o Felipe, já não são mais eventos avulsos, sem relação entre si; pela noção de torneio, finalmente a ideia de calendário entra na sua cabeça; como na Bíblia, o mundo se divide em partes que se sucedem até a "batalha final". A palavra "final", aliás, tem um peso metafísico — que, para ser perfeito, se traduz em disputa de pênaltis, para o menino o mais alto momento da mitologia futebolística. Mas resta uma confusão difícil de desatar: saber quando uma partida é do Campeonato Brasileiro, da Copa do Brasil, da Taça Libertadores da América, do Campeonato Estadual. A própria noção de estados, Paraná, São Paulo, Minas (ele já consegue apontar com o dedo um ou outro estado, no mapa da parede do quarto, com algum acerto), a divisão federativa brasileira e os Estados nacionais, ou a ideia de "seleção", como um time que congrega jogadores de vários clubes para representar um país — tudo isso ao longo dos anos foi um caos para a cabeça inocente do Felipe, que ele ainda não chegou a dominar por completo, embora já distinga bem "Libertadores da América" de "Brasileirão", debaixo de explicações pacientes, insistentes e recorrentes. Mas é ainda um mundo vasto e difuso que necessita reforço sempre que recomeça. Isso não terá fim, o pai sabe — porque o futebol realiza também outro sonho mítico, o do eterno retorno.

Mas há um outro ponto, outra pequena utopia que o futebol promete — a alfabetização. É a única área em que seu filho tem algum domínio da leitura, capaz de distinguir a maioria dos times pelo nome, que depois ele digitará no computador para baixar os hinos de cada clube em mp3, e que cantará, feliz, aos tropeços. Ele ainda confunde imagens semelhantes — Figueirense e Fluminense, por exemplo — mas é capaz de ler a maior parte dos nomes. Em qualquer caso, apenas nomes avulsos. O que não tem nenhuma importância, o pai sente, além da brevíssima ampliação de percepção alfabetizar é abstrair; se isso fosse possível, se ele se alfabetizasse de um modo completo, o pai especula, ele seria arrancado do seu mundo instantâneo dos sentidos presentes, sem nenhuma metáfora de passagem (ele não compreende metáforas; como se as palavras fossem as próprias coisas que indicam, não as intenções de quem aponta), para então habitar um mundo reescrito. Ele jamais fará companhia ao meu mundo, o pai sabe, sentindo súbita a extensão do abismo, o mesmo de todo dia (e, talvez, o mesmo de todos os pais e de todos os filhos, o pai contemporiza) — e, no entanto, o menino continua largando-se no pescoço dele todas as manhãs, para o mesmo abraço sem pontas.

— Hoje tem jogo, filho!

O menino sorri, exultando:

— Hoje tem?!

— Tem! Athletico e Fluminense!

— Então vamos chamar o Christian!

— O Christian é o vizinho atleticano — em todo jogo, monta-se na casa uma arquibancada de fanáticos.

— Sim, ele também vem.

— Isso! Vamos ganhar! Quatro a zero! — e ele mostra a mão espalmada, olha para os dedos, ri e acrescenta: — Opa! Errei! Cinco a zero!

— Vai ser um jogo muito difícil — o pai pondera, torcedor pessimista. — Que tal dois a um?

O menino pensa. Ergue a mão novamente, agora com três dedos.

— Três a zero, só. Que tal?

— Tudo bem. Mas vai ser duro. Você está preparado?

— Estou! Eu sou forte! — Ele ergue o braço, punho fechado: — Nós vamos conseguir!

— Vamos ver se a gente ganha.

O menino faz que sim, e completa, braço erguido, risada solta:

— Eles vão ver o que é bom pra tosse!

É uma das primeiras metáforas de sua vida, copiada de seu pai, e o pai ri também. Mas, para que a imagem não reste arbitrária demais, o menino dá três tossidinhas marotas. Bandeira rubro-negra devidamente desfraldada na janela, guerreiros de brincadeira, vão enfim para a frente da televisão — o jogo começa mais uma vez. Nenhum dos dois tem a mínima ideia de como vai acabar, e isso é muito bom.

Fortuna crítica

Sobre *O filho eterno*

"Um dos traços delineadores da ficção de Tezza é o personagem partido, ciente e dilacerado pela defasagem entre os seus desejos e a realidade. Em *O filho eterno*, essa cisão é ainda mais brutal porque vazada em um tom confessional que não admite vacilos ou mentiras, ainda que o autor nos alerte, na epígrafe do escritor austríaco Thomas Bernhard, da impossibilidade de dizer a verdade total." **André Nigri** — *Bravo!*, Brasil, ago. 2007

"*O filho eterno* espana toda e qualquer frieza de rodapé biográfico. Nele, de forma surpreendente, o autor se atira de corpo e alma a uma exposição emocional delicada e tocante, que tem tudo para afetar seus próximos livros.

O filho eterno é o livro da vida de Tezza. No sentido literal e no sentido literário." **Cadão Volpato** — *Valor Econômico*, Brasil, 3 ago. 2007.

"'Nada do que não foi poderia ter sido.' Lógica e um tanto cruel, a frase aparece algumas vezes ao longo de *O filho eterno*, o novo e mais pessoal livro de Cristovão Tezza. Um romance 'brutalmente biográfico' que narra a relação de um pai com seu primeiro filho, portador da Síndrome de Down.

Em uma frase: o livro do ano. Do tipo que precisa ser lido a qualquer custo, mais de uma vez, pelo maior número de leitores possível." **Irinêo Netto** — *Gazeta do Povo*, Curitiba, Brasil, 6 ago. 2007.

"Com *O filho eterno* (Record, 2007), Cristovão Tezza renuncia às referências veladas e trata de forma direta da própria vida, inscrevendo abertamente a sua história num romance fadado ao sucesso. Ele afirmava, durante a escrita, que este seria o livro da sua vida. E de fato é, e em vários sentidos. Trata de sua principal experiência — o nascimento e a criação de um filho com síndrome de Down. É um livro que projeta luz em toda a sua produção anterior, autenticando-a. E se constitui num lance de coragem, para uma pessoa que se assume como tímido, mestre em ocultar sua vida pessoal dos conhecidos, que não encontrava forma de tratar da deficiência do filho sem o e se expor a situações vexatórias: 'ainda é incapaz de conversar com as pessoas sobre seu filho'. Com o romance, ele vence tudo isso para compor uma obra-prima em que a sinceridade é um caminho de descoberta." **Miguel Sanches Neto** — *Gazeta do Povo*, Caderno G, Curitiba, Brasil, 21 ago. 2007.

"Em paralelo à relação com o filho, Tezza reconstitui sua formação literária. O personagem do escritor fracassado, meio marginal, já tinha suas ilusões desmontadas em livros anteriores como *Trapo* e *O fantasma da infância* (...). Em *O filho eterno*, o menino que não entende abstrações temporais simples como 'semana que vem' dá uma espécie de choque de realidade no pai meio hippie, que trazia dos anos 70 a pretensão de ser um artista 'contra o sistema'. As páginas finais flagram pai e filho assistindo a um jogo do Athletico Paranaense na televisão. Um fugaz momento de felicidade doméstica que nenhuma utopia pode superar." **Jerônimo Teixeira** — *Veja*, Brasil, 22 ago. 2007.

"Com o penoso retirar das máscaras, e uma reinterpretação do pacto autobiográfico, Tezza elabora, com perícia magistral, uma biografia a ser compartilhada entre pai e filho. E, mesmo que a palavra não seja dita, o sentimento de amor aflora e emociona." **Lúcia Bettencourt** — *Jornal Rascunho*, Curitiba, Brasil, set. 2007.

"*O filho eterno* é o relato não só da busca de um sentido que estabilize a dura existência do filho, mas de uma fronteira que empreste sentido a sua própria vida de pai. Um freio que o salve de desejar o que não existe, que o livre das ilusões.

Espelhando-se no filho, sua relação com a literatura também entra em crise. 'Eu não posso ser destruído pela literatura; eu também não posso ser destruído pelo meu filho — eu tenho um limite', constata. A descoberta do limite se torna não só a possibilidade da literatura, mas a possibilidade da própria paternidade. O filho Down, no fim, é sua salvação.

Na série de descobertas atordoantes, revela-se que não é só o filho que depende dele, pai, mas que ele também depende brutalmente do filho. 'Só descobriu a dependência que sentia do filho no dia em que Felipe desapareceu pela primeira vez', relata. E, atônito, descreve: 'O mesmo filho que ele desejou morto assim que nasceu, e que agora, pela ausência, parece matá-lo.'

Com habilidade, Tezza mistura a narrativa da formação de Felipe com a narrativa de sua própria formação. Ambas se mostram incompletas, avançam em direções imprevistas, desmentem expectativas. Mas é a partir de desvios e surpresas que algo se deve construir. As vidas do filho e do pai se interpenetram, constituindo aquilo que, em palavras simples, chamamos de amor.

No fim das contas, as dificuldades estão, como sempre, nas palavras. Não só o filho 'deficiente', mas ele também, pai 'normal', tem dificuldades com a linguagem. Diante dela, o real sempre se esquiva. 'O pai começa a perceber que todas as crianças especiais são diferentes umas das outras de um modo mais radical do que no mundo do padrão de normalidade.' No fim, entende, com toda a dor, que é a ideia de normalidade que os impede de ser." **José Castello**, *Entrelivros*, Brasil, set. 2007.

"*O filho eterno* poderia (...) ser qualificada como uma peça do chamado 'novo jornalismo', uma reportagem irretocável, merecedora de todo aplauso numa época em que texto jornalístico, golpeado pelos 'idiotas da objetividade', cabeceia, também ele, como se fosse um boi no corredor de um matadouro. O livro não deixa de ser uma bela reportagem autobiográfica de um pai que toma para si uma tarefa dificílima: a de narrar uma dor inenarrável ou, para usar uma palavra que é cara ao autor, 'irredimível'. (...)

'Os escritores brasileiros somos pequenos ladrões de sardinha, Brás Cubas inúteis', diz, a certa altura do livro. Imagina-se, lá pelas tantas, autor de livros que ninguém lerá — e pai de um filho que não poderia amar. Mas persiste, porque, para ele, escrever é uma escolha radical, uma predestinação que não depende de coisas tão pequenas quanto os humores das editoras ou as leis de mercado.

Quem termina a travessia arrebatadora das páginas de *O filho eterno* haverá de sentir um alívio e uma alegria. O leitor concluirá que, feitas as contas, o poeta Drummond tinha toda razão ao dizer que nossa existência é 'um sistema de erros', 'um vácuo atormentado', 'um teatro de injustiças e ferocidades', mas, no caso de Cristovão Tezza, tanta dor, tanto tormento, tanto espanto, tanto vácuo, tanto remorso, tanta incredulidade, tudo, enfim, foi recompensado com uma bela contrapartida, o melhor prêmio que um escritor poderia esperar: concebeu um livro que todos deveriam ler sobre um personagem que todos haverão de amar. Chama-se Felipe.

É este o nome do filho eterno." **Geneton Moraes Neto** — *O Continente*, 81ª ed., Brasil, set. 2007.

"Reconstituindo os primeiros passos hesitantes do filho na busca por inserção e autonomia, objetivado na moldura de uma terceira pessoa, o narrador ensaia uma modalidade peculiar de romance de formação, simétrica e invertida. Acompanhar o menino pela mão, observar suas razões implica reconsiderar escolhas, relativizar valores, refazer às avessas, menos dogmático e seguro, o próprio percurso. Longe de revisionista, desenvolve-se um sentido apurado do contraditório das coisas: o que era fantasma para a contracultura (como a rotina ou a normalidade) pode assumir o aspecto imprevisto de conquista desejável.

Certo que aqui há comoção que fere fundo (...). Mas o Thomas Bernhard da epígrafe não é evocado em vão. À maneira da autobiografia ficcional do escritor austríaco, trata-se de emoção relembrada na intranquilidade, examinada e descrita no que tem de exemplar, mesmo — e principalmente — quando falível e não edificante. Cristovão Tezza é, hoje, um escritor maduro." **Fábio de Souza Andrade** — *Folha de S.Paulo*, Ilustrada, Brasil, 1º set. 2007.

"Não é um livro sobre a relação pai-filho. É, antes, um livro sobre um homem lutando contra a ideia de se tornar pai daquele filho. Mas a criança vai crescendo apesar dessa recusa de afeto — que, suspeita-se tenha sido compensada pela mãe (...). 'É preciso um certo esforço para amá-lo, ele pensa.'

O início do livro surpreende (alguns diriam, choca) por desvelar sentimentos que, convencionou-se, deveriam permanecer velados. As palavras são tão rudes quanto os sentimentos e a coragem em deixá-las marcadas no papel é inquestionável. Em alguns momentos soa como uma expiação, como se a exposição pública aliviasse o peso da culpa. E, como um colcha de retalhos, o texto vai trazendo lembranças daqui, dali, mostrando que muitas vezes foi necessário achar espaço para a ternura nos scripts da vida. (...)

Após 25 anos, o pai deixa perceber, num misto de alívio e constrangimento, como esse menino já adulto e ainda criança se transformou no seu filho. Ou melhor, como ele se transformou no seu pai." **Ronize Aline** — *O Globo*, Caderno Prosa e Verso, Rio de Janeiro, Brasil, 8 set. 2007.

"O equilíbrio faz desse livro uma joia de beleza e sensibilidade, algo muito positivo, apesar desses termos terem assumido um caráter tão negativo em nossos tempos. (...)

Mais do que uma história de filho doente, *O filho eterno* é uma bela reflexão sobre a paternidade, sobre ser escritor e sobre o momento político conturbado dos anos 1980. (...)

Reflexões que poderiam facilmente se transformar em autocomiseração, dado o tema com forte apelo emocional, mas o texto foge disso.

O texto de Tezza é emotivo, mas não é daqueles que somente apelam para a emoção, utilizando artifícios batidos que os leitores mais experientes conhecem. O que há ali é a literatura madura de um escritor talentoso, sem dúvida um dos mais importantes escritores brasileiros contemporâneos." **Leandro Oliveira** — *Le Monde Diplomatique*, Caderno Brasil, Brasil, out. 2007.

"Mesmo distante do sentimentalismo exacerbado, as reações e as transformações que o pai vai sofrendo desde o nascimento do filho até o seu desenvolvimento e inserção no mundo chamam a atenção pela sua intensidade. Os pensamentos às ações do pai, somados à força do enredo e à densidade libertária da prosa de Tezza, transformam *O filho eterno* num livro pulsante, vivo. (...)

Sem precisar citar a palavra amor, Tezza nos apresenta a evolução desse sentimento, de pai para filho, que se eterniza a cada barreira desconstruída acerca da situação do filho. *O filho eterno* é um livro sobre seu filho Felipe, mas não escrito, diretamente, para ele, e sim para nós. Afinal, como Tezza se define: 'eu sou, em boa medida, os outros'." **Talles Colatino** — *Jornal do Commercio*, Recife, Brasil, 11 nov. 2007

"Vem da lucidez cortante com que o livro investiga atos, emoções e sentimentos do pai de Felipe, da forma fria como devassa aos leitores sua condição miseravelmente humana, cheia de medos e vazia de certezas, um dos fatores de envolvimento apaixonado com a leitura do livro. (...)

Isento de qualquer traço de sentimentalismo ou comiseração, o discurso do narrador sobre o pai deste filho-eterno surpreende. À medida que a leitura transcorre, arrastado pela análise seca de sentimentos íntimos e emoções abortadas, engolfado na narração de episódios prosaicos, o leitor começa a perceber que há algo de muito novo e muito bonito na voz que narra a história. (...)

[Tezza] evita qualquer derramamento sentimental e completa a blindagem do protagonista, a quem é decisivamente negada a posição de sujeito da história narrada. É nesse intervalo das pessoas da narração — melhor dizendo, nesse intervalo das vozes narrativas — que o livro se alça à condição de obra-prima, um daqueles livros que deixam o leitor de olho parado, olhando para o nada e ruminando com seus botões que a vida vale a pena." **Marisa Lajolo** — *Linha Mestra*, Brasil, dez. 2007.

"Não há literatura sem crueldade. Escrever o que a maioria das pessoas tem vergonha de pensar. Escrever o que é politicamente errado, inseguro e incerto. Escrever o que não se diz publicamente, o que se esconde. (...)

É esta proeza de representar a insegurança paterna que torna o romance vertiginoso, nervoso, duro. Tezza não sabota seus próprios pensamentos da época, expulsa os preconceitos como que carregando didaticamente cada um deles na própria pele. Expressa o que é abominável, humanizando as vacilações. (...)

Cristovão Tezza se reinventou para seu passado, trabalho mais frágil e cintilante do que inventar um passado." **Fabrício Carpinejar** — *O Estado de S. Paulo*, Brasil, 23 dez. 2007.

"Mesmo quem já está acostumado ao estilo severo e poderoso de Tezza, que se manifesta já em seu primeiro livro (*Trapo*), sentirá um impacto maior com este novo texto. Porque, se os outros eram também densos de vida, *O filho eterno* fala de uma experiência de vida especialmente dramática: ter um filho com síndrome de Down.

Experiência dramática de vida, experiência dramática de escrever. Embora mergulhado em sua memória, o autor não se limita a enfileirar recordações: escreve um romance. E aqui fica particularmente em evidência o grande poder da literatura: apossar-se da vida, transformá-la em arte e, com isto, servir à própria vida. É, sim, em essência, a história de Cristovão e Felipe. Como é a história de todo pai com um filho com síndrome de Down. Como é, enfim, a história de todos nós que nos pomos no lugar deles e vivemos o inesperado e todos os sofrimentos, lições, mudanças e aperfeiçoamentos dele decorrentes. (...)

Uma grande aventura, vivida por pessoas que deram o melhor de si mesmas e narrada de maneira bela e digna por um escritor exemplar."
Ruy Espinheira Filho — *A Tarde*, Salvador, Brasil, 12 jan. 2008.

"A história — o relato de um pai que descobre que seu primogênito tem síndrome de Down — passa muito longe do clichê do didatismo, de tentar 'desmistificar o assunto', 'alertar a sociedade contra esse terrível problema' ou, pior, 'acabar com o preconceito' das pessoas. O próprio narrador expõe o seu preconceito e sua vergonha do filho, sentimentos que chegam a ser acalentados com a probabilidade de uma morte prematura daquela criança. Ainda assim, nada muda o fato de que aquela criança é eterna, pois, constata, 'o filho é a imagem mais próxima da ideia de destino, daquilo que você não escapa'." **Nataly Costa** — *Folha de Pernambuco*, Brasil, 31 jan. 2008.

"*O filho eterno* (*Bambino per sempre*, tradução de Maria Baiocchi, Sperling & Kupfer) é um dos melhores livros publicados este ano na Itália.

Tezza (...) olha e mergulha na intimidade (...) para representar o esgarçamento do ego, as fantasias e projeções do pensamento. Como os pós-modernistas, ele desmonta e remonta a engrenagem narrativa, passando continuamente da segunda para a terceira pessoa e justapondo diferentes camadas temporais, (...) sem destruir a responsabilidade ética do narrador, como costuma acontecer com os pós-modernistas." **Sebastiano Triulzi** — *Il Manifesto*, Suplemento Alias, Roma, Itália, 1º nov. 2008.

"'Um filho', diz Cristovão Tezza no romance mais premiado deste ano, 'é a ideia de um filho; uma mulher é a ideia de uma mulher. Às vezes as coisas coincidem com a ideia que fazemos delas; às vezes não.'

A frase aparece nas primeiras páginas de *O filho eterno* (Record), que ganhou os prêmios Jabuti, Bravo! e Portugal Telecom de 2008. Premiações nem sempre dizem muita coisa, mas a consagração de Cristovão Tezza é merecidíssima.

[O livro] é tão bom, tão maduro e verdadeiro que estremeço e não consigo prosseguir. (...)

A arte de Cristovão Tezza se assemelha à de uma cobra que se encolhe antes de dar o bote. O leitor simpatiza com esse pai cuca-fresca e reconhece a sua sensação de que, em qualquer acontecimento importante da vida, existe algo de engraçado e irreal. É como se participássemos de um roteiro repleto de lugares-comuns, como se a ideia pré-fabricada que temos das coisas tirasse delas o seu significado mais profundo.

Quem lê compartilha esse olhar humorístico, de 'cartunista', do narrador. Mas logo se percebe uma diferença entre o 'modo de ver' e o 'modo de falar' empregado nas primeiras páginas do livro. As cenas e pensamentos são delineados com leveza, como se feitos a lápis; mas a elocução, a sintaxe, a ordem das frases, é compactada e densa." **Marcelo Coelho** — *Folha de S.Paulo*, Brasil, 12 nov. 2008.

"Pela própria natureza da história que conta, *O filho eterno* aproxima-se vezes sem conta do precipício, chega a olhar lá para baixo, mas nunca resvala. Só isto já seria suficiente para o considerar um romance acima da média, num tempo em que os romances acima da média são cada vez mais raros.

Inteligentemente, Tezza optou por escrever o seu livro na terceira pessoa, escondendo-se num narrador que lhe permite uma visão exterior, um olhar-se de perto, mas a partir de fora. Os fatos da sua vida surgem assim com uma clareza que o uso da primeira pessoa, demasiado próxima da esfera emocional, talvez não alcançasse. Dito de outro modo: o protagonista, embora partilhe o percurso biográfico de Tezza e as angústias com o filho 'diferente', não deixa de ser uma personagem de ficção. E este distanciamento é talvez o principal antídoto contra a autocomplacência. (...)

O consenso em torno de uma obra nem sempre é bom sinal. Mas no caso de *O filho eterno* — vencedor, em 2008, dos dois principais prêmios literários brasileiros (Jabuti para Melhor Romance e Portugal Telecom de Literatura), além dos prêmios da Associação Paulista dos Críticos de Arte e da revista *Bravo!* para Livro do Ano — é apenas uma questão de justiça." **José Mário Silva** — *Expresso*, Suplemento Actual, Lisboa, Portugal, 25 nov. 2008.

"*O filho eterno*, lançado pela Editora Record no ano passado, nasce da crueldade autoirônica de Machado de Assis e dos personagens de tensa vida emocional de Graciliano Ramos. Não parece exagero dizer que é o melhor livro surgido em anos de torcidas e falsas expectativas. (...)

Cristovão Tezza é o crítico-escritor responsável por elevar o romance brasileiro a um novo patamar." **Rosane Pavam** — *Carta Capital*, Brasil, 26 nov. 2008.

"Poucos romancistas ousaram até aqui tratar do tabu relativo aos pais que rejeitam seus filhos. O instinto paternal parece sempre inato, ou adquirido em nossa sociedade. Parece simplesmente inconcebível rejeitar um recém-nascido que não se desejou, não reconhecê-lo, não querê-lo, decidir mesmo livrar-se dele. Tezza fala cruamente dos tormentos internos que podem nos acometer ao rejeitarmos um ser concebido, mas não desejado." **Jean-François Lahorgue** — *Benzine*, França, 22 set. 2009.

"Sem jamais cair no melodramático, Cristovão Tezza nos entrega um romance agudo sobre a paternidade e o enfrentamento de um dos dramas mais extremos da existência." **Delphine Gorréguès** — *La Réserve*, Mantes la Ville, França, 20 nov. 2009.

"Nada é mais difícil, todos os romancistas o confirmam, que fazer um romance autobiográfico sincero. E é um verdadeiro desafio ousar fazê-lo sobre um tema como este... O êxito é total. Tezza fez a escolha pela sinceridade completa, pela recusa à concessão, mais pela pergunta colocada do que por uma resposta completa. (...)

Sob a aparência de um discurso frio, quase científico, o autor faz nascer ao longo do livro uma profunda emoção." **Christian Roinat** — *Espaces Latinos*, França, dez. 2009.

"Seria fácil ver este livro como uma fábula enfeitada por uma moral edificante: não é nada disso. Cristovão Tezza, por meio de observações minuciosas e de uma grande justiça, permite ao leitor penetrar no universo complexo dos dois seres: um, para quem o mundo está reduzido a alguns poucos prazeres, que não tem nenhuma consciência dos valores e a quem o conhecimento permanecerá para sempre limitado; o outro, cujo olhar não para de se transformar, que se apega sentimentalmente a este filho tão diferente de outras crianças e se adapta à sua concepção de uma vida nova." **Max Alhau** — *Europe*, França, jan./fev. 2010.

"Este livro excelente, que venceu todos os maiores prêmios literários brasileiros, descreve as reações de um homem jovem ao nascimento e ao crescimento de seu filho, uma criança com síndrome de Down... O estilo ruminatório nunca é estático ou sufocante, e embora possa se dizer que o pai aprende e cresce (como faz seu filho), Tezza não nos embaraça ou apequena o material romanesco transformando-o numa jornada moral cheia de marcos evidentes. Ele também não nos tenta emocionar, e o livro não nos oferece um derramamento emocional como recompensa por encararmos o tema: antes, é altamente inteligente, dono de um humor seco e lindamente escrito (e traduzido, pela australiana Alison Entrekin)." **Owen Richardson** — *The Age*, Melbourne, Austrália, 5 mar. 2010.

"Tezza fez o esforço de evitar escrever uma literatura de autopiedade e o fez de maneira admirável. Por sorte, *O filho eterno* não é um guia de autoajuda para superar os desafios de criar uma criança com 'necessidades especiais', tampouco um manual prático para fazê-lo. Fica bem claro que o problema não é o filho em si, mas sim o espaço que ele ocupa na vida do escritor. À medida que a história avança e os personagens amadurecem, a personalidade de Felipe começa a brilhar nas páginas, tornando-o uma estrela.

O filho eterno é uma leitura formidável por várias razões. É único por emanar de um evento biográfico extraordinário que se tornara um tabu literário autoimposto por Cristovão Tezza. O livro é uma peça literária corajosa, o que é evidente por ter vencido todos os prêmios literários importantes tanto no Brasil quanto em Portugal. Explorando os papéis de pai e filho, embaralhando as linhas entre biografia e ficção, e pondo no papel o *zeitgeist* de Portugal e Brasil, o estilo discursivo do *memoir* é uma tentativa de retraçar não apenas os passos do protagonista, mas de entender as decisões e o comportamento que o levaram a confrontar seu lado mais condenável." **Denise MacLeod** — *Transnational Literature*, Adelaide, Austrália, 2 mai. 2010.

"Sendo um exercício memorialista e de balanço existencial, *O filho eterno* tem também uma componente biográfica política e histórica.

O personagem pai, como o autor, vive o período pós-revolucionário português de 1975/76 e o avanço da democracia no Brasil, analisando amargamente o curso da história. No Portugal de Abril percebe uma 'gosma de Idade Média' e, no Brasil, um país que teima, década a década, em não sair do lugar — 'quando se move, é para trás' —, comandado por uma 'elite tosca, com frequência grotesca, de uma ignorância assustadora, renitentemente corrupta e corruptora e instalada capilarmente em todos os mecanismos de poder do país, que por sua vez se fundem na outra ponta com a bandidagem em estado puro'." **Jorge Marmelo** — *Público*, Suplemento Ípsilon, Lisboa, Portugal, 21 nov. 2011.

"Afundei na rede sob o peso de uma bigorna imaginária. E ainda estava na página 27 do livro. Mais uma página, mais outra e outra, agora mais devagar para não me distrair, para não deixar escapar uma vírgula sequer.

A respiração sempre pesada. A custo, avancei até o final do capítulo. Mais adiante não consegui ir. Pelo menos não naquela noite.

Abandonei o livro e a rede com a falta de ar de quem acaba de levar um soco no pé da barriga, na boca do estômago. Só retomei a leitura no dia seguinte e não a larguei mais.

Há tempos um livro não entra nas minhas veias e não sai dos meus pensamentos como *O filho eterno*, de Cristovão Tezza. Em poucas páginas, soube que estava lendo um romance fundamental, um clássico publicado há menos de cinco anos." **Inácio França** — Blog Caótico, Brasil, 17 dez. 2011.

"Talvez graças ao gênero libertador da memória ficcionalizada, Tezza não cai na tentação de se representar como alguma espécie de santo. Suas reações a essa reviravolta inesperada, destruindo sua visão de mundo narcisista e meticulosamente construída, são corajosas e chocantes. São feitas de sentimentos que ninguém gostaria de admitir. (...)

O leitor, de início desafiado e com repulsa, encontra a empatia e sente-se privilegiado. Este é, ao final, um retrato muito emocionante de um pai que ama profundamente o filho que tem." **Giulia Rhodes** — *Express*, Londres, Inglaterra, 22 set. 2013.

"Eu li *O filho eterno* duas vezes. Depois voltei a ler *O professor*. (...) Dizer hoje de alguém que é um grande escritor parece difícil e provavelmente estúpido. Mas Tezza representa muito daquilo que ainda é possível ao romance. (...)

Com sobriedade e equidade, ou, como diria Machado, de modo ora austero, ora leve, sem construir nem destruir, sem inflamar nem congelar, ele fala de seu medo: no início, impossível de conter, e depois, com a luz da razão e de tudo que não se pode dizer, não só se controla mas se transforma no seu oposto." **Franco Cordelli** — *Corriere della Sera*, Roma, Itália, 31 jul. 2016.

"*O filho eterno* é um dos grandes romances brasileiros do século XXI. Nele Tezza fixa a maturidade de seu estilo, plasmado num discurso indireto livre que acompanha o vai e vem do pensamento de seus protagonistas, num turbilhão reflexivo e emocional interrompido apenas por 'flashes' de suas ações no mundo concreto. Herdeiro dos ideais coletivistas dos anos 60, tendo vivido numa comunidade hippie de candidatos a artistas liderados por um guru, o pai do livro troca certas ilusões da juventude — com seus apelos românticos a um humanismo universal — por uma descoberta dura da idade adulta: a relação com a pessoa mais 'diferente' que poderia encontrar, o filho que no início rejeita, depois vai aceitando num percurso amoroso que nunca é condescendente, autocongratulatório (...)

Nem sempre a melhor leitura opera apenas por identificação, isto é, quando projetamos vivências particulares num texto escrito em outra época, lugar e circunstâncias. No caso de *O filho eterno*, a distância pode ser ainda maior porque a relação daquele pai com aquele filho tem uma gravidade incomparável." **Michel Laub** — *Valor Econômico*, Brasil, 16 out. 2020.

Prêmios

Prêmio da Associação Paulista dos Críticos de Arte (APCA), 2007
Prêmio São Paulo de Literatura, 2008
Prêmio Faz Diferença, *O Globo*, 2008
Prêmio Jabuti, 2008
Prêmio *Bravo!*, 2008
Prêmio Portugal-Telecom de Literatura em Língua Portuguesa, 2008
Prêmio Zaffari-Bourbon da Jornada Literária de Passo Fundo, 2009
Prix Littéraire Charles Brisset, Association Française de Psychiatrie, 2010
Finalista do Prêmio Internacional IMPAC DUBLIN de Literatura, 2012

Adaptações para teatro

O filho eterno. Companhia Atores de Laura (Rio de Janeiro). Direção de Daniel Herz com Charles Fricks. Adaptação do texto por Bruno Lara Resende. Temporada 2011-2020, várias cidades do Brasil. Prêmio Shell de Melhor Ator e de Direção de Movimento; Prêmio APTR de Melhor Ator; Prêmio Orilaxé de Melhor Direção.

El hijo eterno. Intérprete: Michel Noher. Direção de Daniel Herz. Temporada 2018-2019, Buenos Aires.

Adaptação para cinema

O filho eterno. Direção de Paulo Machline. Produção de Rodrigo Teixeira. Brasil: RT Features, 2016.

Traduções

Italiano:
Bambino per sempre. Tradução de Maria Baiocchi. Milão: Sperling & Kupfer, 2008.

Catalão:
El fill etern. Tradução de Josep Domènech Ponsatí. Barcelona: Club, 2009.

Francês:
Le Fils du printemps. Tradução de Sébastien Roy. Paris: Métailié, 2009.

Neerlandês:
Eeuwig kind. Tradução de Arie Pos. Amsterdam: Contact, 2009.

Inglês:
Reino Unido/Austrália: *The eternal son.* Tradução de Alison Entrekin. Melbourne: Scribe, 2010.
Estados Unidos: *The eternal son.* Tradução de Alison Entrekin. Dartmouth: Tagus, 2013.

Espanhol:
El hijo eterno. Tradução de María Teresa Atrián Pineda. Cidade do México: Elephas, 2012.

Esloveno:
Večni sin. Tradução e posfácio de Katja Zakrajšek. Liubliana: Modrijan, 2013.

Macedônio:
Vecniot sin. Tradução de Dimitar Simonovsk. Escópia: Ikona, 2014.

Norueguês:
Den evige sønn. Tradução de Grete Skevik. Oslo: Solum, 2014.

Dinamarquês:
Den evige søn. Tradução de Tine Lykke Prado. Copenhague: Forlager Vandkunsten, 2014.

Chinês:
永远的菲利普. Tradução de Ma Lin. Pequim: People's Literature, 2014.

Croata:
Vječni sin. Tradução de Tanja Tarbuk. Zagreb: Knjizara Ljevak, 2015

Bibliografia acadêmica sobre *O filho eterno*

ALMEIDA, Viridiana. *Confissão com ficção*: a criação biográfico-literária de Cristovão Tezza. Tese de Doutorado, 2011. Universidade Federal de Santa Catarina. Orientadora: Helena Heloísa Fava Tornquist. Disponível em <https://repositorio.ufsc.br/handle/123456789/95457>. Acesso em: 11 nov. 2022.

HUDSON, Denise. *O filho eterno*, de Cristovão Tezza. In: *A gente estancou de repente*: fracasso e despersonalização em 11 romances da literatura brasileira do início do século XXI. Curitiba: Editora CRV, 2022. p. 123-137.

MAGALHÃES JÚNIOR, Caibar Pereira Magalhães Junior. *O conceito de exotopia em Bakhtin*: uma análise de *O filho eterno*, de Cristovão Tezza. Dissertação de Mestrado, 2010. Universidade Federal do Paraná. Orientador: Caetano Galindo. Disponível em: <https://acervodigital. ufpr.br/handle/1884/24251>. Acesso em: 11 nov. 2022.

PERNAMBUCO, Juscelino. *O filho eterno*, de Cristovão Tezza: um acontecimento. *Revista Organon*, Porto Alegre, n. 53, p. 183-197, jul.-dez. 2012.

SARAMAGO, Victoria. *O filho eterno – O duplo do pai*: o filho e a ficção de Cristovão Tezza. São Paulo: Editora É Realizações, 2013. Biblioteca Textos Fundamentais. 158 p.

VALE, Cristina do. *A vertigem do indizível*: descaminhos da palavra em *O filho eterno*, de Cristovão Tezza. Dissertação de Mestrado, 2014. Universidade de São Paulo. Orientadora: Cleusa Rios Pinheiro Passos. Disponível em: <http://www.teses.usp.br/teses/disponiveis/8/8151/tde-26122014-010944/>. Acesso em: 11 nov. 2022.

Este livro foi composto na tipografia Adobe Garamond Pro,
em corpo 12/16, e impresso em
papel off-white no Sistema Cameron da
Divisão Gráfica da Distribuidora Record.